[丛书]

NANSHAN YINCAO

◎ 高凤林 著

南山吟草

中国书籍出版社
China Book Press

图书在版编目（CIP）数据

南山吟草 / 高凤林著. -- 北京：中国书籍出版社，2023.9

（黄河诗阵丛书）

ISBN 978-7-5068-9594-1

Ⅰ．①南… Ⅱ．①高… Ⅲ．①诗集–中国–当代 Ⅳ．①I227

中国国家版本馆CIP数据核字（2023）第179954号

南山吟草

高凤林　著

责任编辑	王志刚
责任印制	孙马飞　马　芝
封面设计	李中安
出版发行	中国书籍出版社
地　　址	北京市丰台区三路居路97号（邮编：100073）
电　　话	(010)52257143（总编室）　(010)52257140（发行部）
电子邮箱	eo@chinabp.com.cn
经　　销	全国新华书店
印　　刷	兰州银声印务有限公司
开　　本	787毫米×1092毫米　1/16
字　　数	2223千字
印　　张	193.5
版　　次	2023年9月第1版　2023年9月第1次印刷
书　　号	ISBN 978-7-5068-9594-1
定　　价	480.00元（全10册）

版权所有　翻印必究

总序

张平生

万古黄河，导夫昆仑之麓，通乎星宿之源；迢迢九派，落落千秋，珠怀龙啸，风流环宇。晴光淑气，倩诗家椽笔，情抒黄河，绮霞浮彩。伴着滔滔河声，闻着浓郁果香，《黄河诗阵丛书》即将付梓。

结社黄河，诗朋荟萃，以诗成阵。为贯彻落实习近平总书记关于黄河流域生态保护和高质量发展重要论述精神，深入挖掘黄河文化蕴含的时代价值，讲黄河故事，延续历史文脉，坚定文化自信，为实现中华民族伟大复兴的中国梦凝聚精神力量，用中华诗词之妙笔，奏响"黄河大合唱"的时代强音。

黄河，是中华民族的母亲河。九曲黄河，奔腾向前，以百折不挠的磅礴气势，塑造了中华民族自强不息的民族品格，是中华民族坚定文化自信的重要根基，是中华文化的重要元素。上善若水，文明与河流是密切相关的。世界上最大的文明产生地都与河流密切相关。黄河在我国流经九省区，全长5464公里，流域面积约752443平方公里。早在上古时期，炎黄二帝的传说就产生于黄河流域。在我国五千多年文明史上，黄河流域有三千多年是全国政治、经济、文化中心，它孕育了河湟文化、河洛文化、关中文化、三晋文化、齐鲁文化等，诞生了"四大发明"和《诗经》《老子》《史记》等经典著作，留下了无与伦比的文化积淀。

中华民族自古以来是诗的国度、诗的沃土，从"蒹葭苍苍，白露为霜"，到"大漠孤烟，长河落日"；从"雄关漫道"，到"六盘山上高峰"，长城迤逦，雄关巍峨，"西北有高楼"，阳关多故人。千百年间，对黄河之赞美，咏潮迭起，佳作浩繁，蔚为大观。黄河落天走东海，万里写入胸怀间。在黄河涛声孕育之中，千百年来留下无数荡气回肠的诗篇。神州诗人兴起，四海词骚蔚然。《黄河诗阵丛书》挟时代浪潮，深情讴歌黄河文化蕴含的时代价值，为黄河流域生态文明建设和高质量发展助力。吟肩结阵，鸾凤和鸣；结社耕耘，风雅颂扬；登坛贡赋，珍珠万斛。沉潜韵海，多发清越之声；寄意风韵，更赋壮遒之词。

编辑出版《黄河诗阵丛书》，以古典诗、词、曲、赋、联的形式，大视域、全流域反映黄河自然、人文特色，谱写出新时代人民治黄事业的全新篇章，影响必将遍及黄河流域，并辐射至神州大地甚至海外。万首高吟兮堪入画图，百年佳景恰逢金秋。这不仅是黄河文化建设者的骄傲，更是黄河文化在当代继承发扬光大的重要标志。

弘扬黄河精神，传承黄河文化，讲述黄河故事，反映黄河新声。以诗词讴歌中华民族治黄事业的历史新境界，谱写黄河在中华民族发展新时代的辉煌乐章，是保护、传承、弘扬黄河文化的重要举措。回望万古黄河，壮美磅礴是民族品格；平视当今世界，百折不挠是华夏写照。华夏子孙对黄河的感情，正如胎记一般地不可磨灭。

诗自芳春连暮雪，友从青藏到东营。乾坤四季，万里疆域，无不充盈诗情画意，友情祝愿。"逝者如斯夫，不舍昼夜。"万古黄河静静流淌，以《诗经》无邪之音，高唱中华文化之博大精深，阳刚正气。诗人词家之脉搏，同母亲河之脉搏一起跳动，那是绵延不断的民族颂歌。中华民族秉黄河精神，奋斗不息，意气风发。诗家当有大情怀，珍惜人生，牢记初心。抑工部之高节，抒青莲之胸臆，咏盛世之辉煌，颂人间之美好。五千里外沧桑，九转峰头岁月。歌随波涛涌，诗流日月边。吟啸一曲，黄河梦远。此时无限意，再逐雨花天。

"龙文百斛鼎，笔力可独扛"，千古江山还要文心滋养。"没有优秀历史传统，没有民族人文精神，一个国家、一个民族，不打就垮。"这就是文化的力量。无论阳春白雪，抑或下里巴人，诗人们挺直脊梁，尽管身如草芥，仍然傲立于天地间，"苔花如米小，也学牡丹开"。仰观俯察，吐曜含章，把一腔情怀付诸笔端，发言为文为诗，不仅为人民群众留下了温润心灵、启迪心智、喜闻乐见的优秀作品，还彰显了中华传统文化的魅力，极大丰富、不断拓展着传统文化艺术的内涵。更让自然风光与诗文合璧，光华霁月与诗心交融，是诗人之幸，山川之幸，更是中华文化之幸。

"雄关漫道真如铁，而今迈步从头越。"今天，中华民族正在迎来从站起来、富起来到强起来的伟大飞跃。在这样一个全新的时代，诗歌担负的历史使命不言而喻，为诗歌开辟的创作空间更加广阔。"文章合为时而著，歌诗合为事而作"。鲁迅曾说："无尽的远方，无数的人们，都与我有关。"幸逢中华民族伟大复兴的新时代，正期待着诗人们襟怀云水，兰台展卷，搜句裁章。弘扬主旋律，凝聚正能量，歌颂祖国，礼赞英雄，放歌新时代，咏颂真善美。

是为序。

序

人间万物皆有意 终属南山一诗翁

——高凤林先生诗词集《南山吟草》序

张 嵩

西安之南，秦岭中段，有一座极负盛名的文化之山终南山。《陕西志》载："关中河山百二，以终南为最胜。"高凤林先生居于长安，仰望南山，白云青霭，终岁滋养文心，浸润诗情，想必他的新作《南山吟草》所蕴含的深刻寓意也许就在于此。近日，高凤林先生将他2010年5月至今年4月间创作的千余首诗词，包括数十首新诗按5个小辑汇编成册，交由出版社正式出版，这是一件值得庆贺的文坛喜事。我有幸阅读了这部诗词集的初稿，深深为高凤林先生的真情所感动。诗词是诗人感情的产物，更是诗人所处现实生活的真实写照，一山一水，一花一木，无不包含着诗人的人生认知、是非辨别和情感倾诉。在《南山吟草》中，高凤林先生无疑是倾注了大量的心血，无论是诗词、文赋，还是新诗都是他极其丰富的精神世界的记录、表述和展示。我们从中可以看出诗人对理想孜孜不懈的追求、对文学一往情深的向往、对传统国学的深厚修为、对家国挚爱的坦荡襟怀。诗以言志，词以抒思，文以载情，由此可见一斑。

高凤林先生虽年逾古稀，但风采依旧，情长意深，颇具诗人气度。在职时他长期担任国企领导，工作出色，事业有成。工作之余又钟情于文学，创作时间达数年之久，尤以喜好传统诗词。早在2009年6月、2011年10月由作家出版社分别出版了《时间深处的脚印》《高凤林诗词选》两部装帧精美的诗词集，当时即产生了一定影响，我与高凤林先生因诗词结缘已近十年时间，经常有诗词往来，经我手编发的他的作品也比较多，我很欣赏他的创作风格：厚重凝练、情志高远。近日又系统地阅读了他这十年间的作品，愈发觉得稳健成熟，语意深邃，气势更是不减当年。具体感受有三点。

一是体裁多样，内容丰厚，气象宏阔

高凤林先生五绝、五律、七绝、七律、古风歌行都写得很好，在填词上，小令、中调、长调，亦能根据所写内容灵活运用、甚至挥洒自如。五个小辑中，诗是按五言、七言律绝和长短调排列的，在整个诗词集中所占比重最大，内容也很丰富，涉及时政、社会、历史、文化、旅游、民俗风情等等各个领域，题材十分广泛，不仅反映了诗人的社会责任和担当，更体现着诗人的文学修养。开阔的眼界、丰富的胸襟、厚重的笔墨无一不彰显着诗人心中所生发出的宏阔气象。真可谓万里行吟，写遍天下；一笔在手，撼动山河。且不说律绝，就看长律、歌行，其本身的艺术要求就极高，一般写诗的人也不以此见长，而高凤林先生饱蘸笔墨，动辄数十言上百言，由浅入深，引人入胜；笔法老道，结构严谨；韵脚切换，自然平整；意在笔先，一气呵成。让人读着过瘾。如五言诗《游金丝峡》104句，《太白穿越》64句，《一曲歌回天涯情》60句等，其中的《交大120周年校庆暨西迁60周年发电21班同学相聚》尤为突出，五言转七言共四段128句，不仅展现了在沧桑巨变、历史演进的大背景下诗人母校的发展图卷，也道出了诗人对母校培养的深深感恩和眷恋之情，更是真切地抒写了同窗之间结下的淳朴而终生难忘的友谊，字字含情，句句入心，读之令人动容。再如四言诗《西安城墙》近200言，语句典雅，用词华美，上下千年如行云流水，雄伟皇都，万千气象尽收眼底。正如顾随在《中国古典诗词感发》中所言："气象好，色彩、调子好。"高凤林先生的诗境之阔，集中体现在他的这些长篇鸿制中。我想，唯有大手笔，才可成其诗。

二是聚焦时代，贴近生活，格调高昂

立足时代，紧跟时代跳动的脉搏，是每一位真正意义上的诗人题中应有之义。如果一个写诗的人脱离了他所处的时代，对社会生活中所发生的一切漠不关心，整天只耽迷于花前月下浅唱低吟，或呆坐于书桌前苦思冥想闭门造车，或沉溺于故纸堆里寻寻觅觅泥古不化，那他写出的诗就没有多少生命力可言，那他就不能称之为一个诗人。高凤林先生具有浓烈的家国情怀，他的作品始终与时代合拍，为国家的发展进步而歌赞，为美好的幸福生活而吟唱，这不仅是一种社会责任，更是诗人的使命。他的一系列迸发着激情的作品，如《贺神八与天宫一号首次对接成功》《贺神九载人与天宫一号对接》《香港回归二十年》《海上大阅兵》《典礼天路青藏联网》《悼四川凉山牺牲的消防战士》《在韩志愿军遗骸回国安葬有感》《脱贫攻坚赞》《嫦娥五号探月归来》《"天问一号"探测火星升空有感》《贺神舟13胜利升空》等等，聚焦国家繁荣、科技发展、脱贫攻坚以及各项建设取得的辉煌成就，诗作铿锵有力，语言充满张力，赤子之心跃然纸上；诗人不忘为国捐躯的英烈，不论战争时期还是和平时期，他们永远是值得怀念的"最可爱的人"；诗以颂之，不仅仅是诗家情怀，而是引领我们这个时代的正能量。诗其实就是生活，诗就潜身于日常的生活当中，唯有诗人独特的视角才能发现。高凤林先生的作品既有大的题材的震撼描写，更有细小生活情节的娓娓叙述。如他笔下小区新年活动的组诗《模特秀》《太极拳》《水兵舞》《小乐队》等等一下写了十余首，极富生活气息，接得是老百姓的地气，赞得是人民安居乐业的美好生活。诗情就是从喜庆的日子中流溢而出的。诗人写亲情，对父母心怀感恩，没齿难忘；对子孙殷殷期许，情深意远。诗人写友情，质朴中尤见厚重，真诚中更显礼仪。诗人写民俗，征候节气，新意迭出，传承文化，意趣浓郁。诗人写花木虫鱼，皆能铺以色彩而作感情渲染。题材不论大小，格调依然高昂，这是高凤林先生的人生态度，也是他之所以成为诗人的深厚修养。

三是寄寓山水，长于抒情，文学性强

高凤林先生阅历丰富，与他"行万里路"密切相关。他游历了祖国的大好河山，真实地记录下了他的所见所闻，足迹到达之处，笔触已经到达，美好的山水化作了心灵的"产品"。诗人带着"镣铐"时时起舞，舞到山巅，春风秋树为之和鸣；舞到河岸，舟子渔夫为之倾听，诗化人生，处处生春。诗人笔下仿佛有写不完的景，诗人心中似乎有抒不尽的情。写诗就是写诗人自己，就是抒发诗人的无限情思。塞上的雄奇峻美、江南的温婉秀丽、关中的故里情愫、海南的黎苗风情如一幅幅精美的中国画展现在读者面前，读之再三，余味不绝；意蕴所向，想象高远。高凤林先生诗词中寄寓山水的篇幅所占最大者莫过于三。一者三秦大地，这里是诗人故乡和工作居住之地，山山水水都是入了诗的，也是写到诗人骨子里的，为故里放情抒怀，是刻骨铭心的一种爱；二者塞上江南，宁夏是诗人奉献青春的地方，他曾经长期在宁夏电力系统工作，亲身经历了塞上大地电力事业的改革与发展，他也为此付出了大量的辛勤劳作。因此诗人对宁夏有着特别的感情，他对宁夏南北山川的歌咏是发自内心深处的人生的"抒情曲"、灵魂的"交响曲"，它们交织在一起产生的共鸣，使我们今天仍然生活在这里的人们感同身受，十分亲切。三者是南国情韵，天涯海角正是诗人浪漫情调的寄托之地，海水椰风、苗村黎寨，还有那儋州苏子的遗风都令人神往，自然之美、生态之美、蓝色之美，正是绝佳的抒情之处，诗人纵情放歌，诗心永远不老。高凤林先生的诗词作品注重抒情性，诗词两佳，各有所取。王国维在《人间词话》中说"诗之境阔，词之言长。"在高凤林先生的作品中都得到了很好的发挥。诗词属于文学范畴，它的艺术特质主要体现在诗词的格律、构思、用词、意境以及技巧上，作诗填词，起情于心，外化于形，形式与内容完美结合，艺术与审美有机统一，才能很好地体现诗词的文学性，高凤林先生很好地做到了这一点。

　　诗词的高峰需要不断地攀登和超越，唯有这样才能到达更高的境界，高凤林先生为我们树立了榜样，他一直怀着一颗炽热的心行走在诗词的险境绝峰之间采撷"奇珍异品"，而且果实累累，让多少后来者艳羡不已。在这里我要衷心祝愿高凤林先生诗心常青，再为我们呈现更多的诗词佳作，为新时代的文艺百花园地增添亮丽的光彩。

自古南山有好诗，云舒霞卷绕高枝，回眸塞上千般景，相望长安万里思，凤鸟鸣时开境界，林华绽处化情痴，人间气象装心底，无限襟怀妙笔知。

（张嵩，中国作家协会会员、中华诗词学会常务理事、中华诗词学会创作委员会副主任、宁夏作家协会主席团委员、宁夏诗词学会常务副会长兼秘书长，宁夏文史馆研究员。）

2023年8月20日于银川

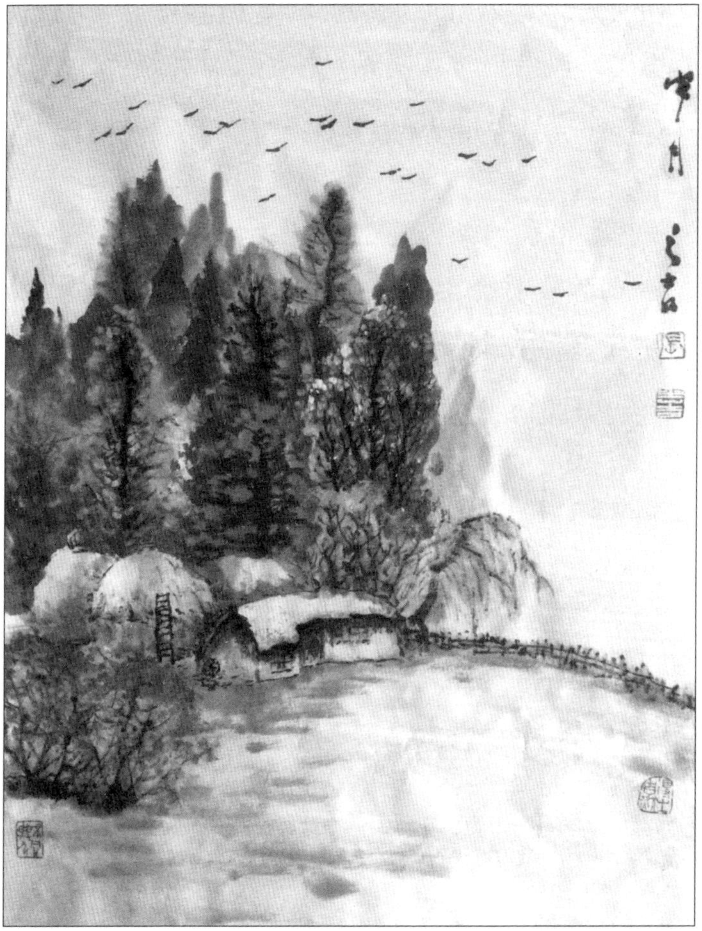

目录

五绝 五律

无 题 …………………………………………… 003
有感·写在交大同学敬滨夫妇到西安 …………… 003
望南山 …………………………………………… 003
题高山《美篇》菊花照 …………………………… 004
武夷山一线天 …………………………………… 004
和微园邵总《壬寅处暑》 ………………………… 004
山茶花雪中开放 ………………………………… 005
腊 八 …………………………………………… 005
癸卯清明 ………………………………………… 005
高兴四岁 ………………………………………… 006
壶口瀑布 ………………………………………… 006
游金丝峡 ………………………………………… 007
择 玉 …………………………………………… 009

三亚老教授活动中心 B 栋六楼平台眺望 …………… 010
悼青铜峡水电厂淑媛主席 …………… 010
相约小东海半山半岛 …………… 011
海南环岛游 …………… 012
海边漫步 …………… 013
三亚冈新村一瞥 …………… 014
高兴到三亚 …………… 014
西安交大 120 年校庆暨西迁 60 周年发电 21 班同学相聚
…………… 015
与老同学品茶 …………… 020
游三亚中廖村（新韵） …………… 021
丁酉清明崖州望银川 …………… 022
庆贺 C-919 首飞成功 …………… 022
太白穿越·写给涛涛穿越太白山并吾神游之 …………… 023
观朱日和阅兵——庆祝中国人民解放军建军 90 周年
…………… 024
雨中游曲江池 …………… 025
写给高枫 …………… 025
一曲歌回天涯情 …………… 026
贺石政委 80 岁寿辰 …………… 027
临潼悦椿温泉酒店小住 …………… 028
薇薇和豆豆 …………… 028
己亥二月初二万科理发 …………… 029

赞刘诗雯 …………………………………………… 029
有感《辽宁晚报》登载蛇博士云哥（史静耸）抢救
　　咸阳被银环蛇咬青年马志广 ……………… 030
长安林间山庄 …………………………………… 030
白露陪顺皋到秦岭丰裕口 ……………………… 031
题高山《美篇》菊花照 ………………………… 031
厦门一瞥 ………………………………………… 032
云水谣古镇印象 ………………………………… 032
赞土楼 …………………………………………… 033
武夷山五景 ……………………………………… 033
赞香港国安立法 ………………………………… 035
马嵬坡 …………………………………………… 035
读世伟兄《微园吟草》 ………………………… 035
嫦娥五号探月归来 ……………………………… 036
农家小园 ………………………………………… 036
赞俊辉俊耀（东正）兄弟途经张家口救车祸南开大学
　　袁超磊副教授（新韵）……………………… 037
姑苏行 …………………………………………… 037
再见东山古镇 …………………………………… 038
秦岭国家植物园 ………………………………… 038
2021 东京奥运会女子十米跳台跳水冠军
　　十四岁全红婵（新韵）……………………… 039
岁杪杂感 ………………………………………… 039

海口万绿园 ……………………………………………… 040

木兰湾远眺 ……………………………………………… 040

无　题 …………………………………………………… 040

悼姚成庆主席 …………………………………………… 041

壬寅立冬 ………………………………………………… 041

神 15 航天乘组与神 14 航天乘组天宫会师 ………… 041

观卡塔尔世界杯有感 …………………………………… 042

壬寅冬至奉友 …………………………………………… 042

随　感 …………………………………………………… 042

立　春 …………………………………………………… 043

癸卯元宵节次韵张平生会长《元宵望月怀故人》

　　以谢赠诗 …………………………………………… 043

曲池新柳 ………………………………………………… 044

富平中华美食街 ………………………………………… 044

七　绝

杭州桂花开与水泉品茗石屋洞 ………………………… 047

小高兴参加陕西省特长生选拔赛幼儿组英语讲故事

　　获一等奖 …………………………………………… 048

到海口火山口遗址公园 ………………………………… 048

西安汉城湖 ……………………………………………… 048

安康供电局水上营业厅 ………………………………… 049

九寨七首 ………………………………………… 049
相会鹭城 ………………………………………… 051
到湖北恩施 ……………………………………… 051
赠三亚乒乓好友陈勇、韩鹰 …………………… 053
到泾阳茯茶小镇 ………………………………… 053
三亚新居有感 …………………………………… 054
有感纪全主席小东海日出日落照 ……………… 055
有感晓丽同学三亚湾夕照 ……………………… 055
怀念克兴老处长 ………………………………… 056
写在玉钧大哥生日 ……………………………… 056
中国发射世界第一颗"墨子号"量子卫星 …… 056
纪念红军长征胜利80周年 ……………………… 057
望梅三吟 ………………………………………… 058
元旦随笔 ………………………………………… 059
腊八节 …………………………………………… 060
海南保亭七仙岭一瞥 …………………………… 060
到抱坡村 ………………………………………… 061
乡村偶感 ………………………………………… 062
写给高山 ………………………………………… 062
黎族、苗族三月三（四首）…………………… 063
感皓程、云舒雨游漓江 ………………………… 063
皓程、云舒夫妇从北京到西安，小潘从银川到西安
 ………………………………………………… 064

有　感	066
大唐不夜城有感	066
电视观钱江潮	066
有感·写在西安交大同学敬滨夫妇到西安	067
祝华生日有感	067
十九大胜利召开有感	068
西安乘机飞三亚偶感	068
福瑞国际小区新年活动掠影	069
木棉花	071
三亚凤凰岛	071
我家的百合花开了	072
祝华练古筝	072
贺福瑞公馆小区秧歌舞参加三亚市"迎新杯"体育下乡活动广场舞展演凯旋	072
三亚凤凰水郡红树湾五家过元宵节	073
有　感	073
海棠湾水稻国家公园	074
贺福瑞公馆三八妇女节联欢会	074
祝华与友小凤、丰华、支宁、玉贞、秋英到海棠湾	075
兰得葡萄酒	075
即兴亚龙湾海滩	076
福瑞四家邻居相聚"厨嫂当家"有感	076

诗词大会（第三季）有感 …………………… 077

祝华与友从西沙归来 ……………………… 077

乘轮渡过琼州海峡 ………………………… 079

桂林旅途写给祝华 ………………………… 079

一日游集锦四首 …………………………… 080

约会呼伦贝尔 ……………………………… 081

宁夏之邀 …………………………………… 081

有　感 ……………………………………… 082

青　岛 ……………………………………… 082

中国农民丰收节 …………………………… 083

铜川玉华宫三首 …………………………… 083

小孙、小马夫妇从抚顺到西安 …………… 084

郑国渠 ……………………………………… 084

西安国际马拉松赛二首 …………………… 085

港珠澳大桥通车 …………………………… 085

卫星嫦娥四号升空 ………………………… 085

三亚西岛印象 ……………………………… 086

三亚西岛牛王岛 …………………………… 086

西岛海上书屋 ……………………………… 086

赞书法培训班孙老师 ……………………… 087

过小年 ……………………………………… 087

乐东九所过年 ……………………………… 088

己亥初五 …………………………………… 088

儋州白马井过正月十五	089
长相思	090
无 题	090
太湖夕照	090
到东山	091
咏东山白玉枇杷	091
题祝华呼伦贝尔大草原照	091
杨庄踏青二首	092
白鹿原种菜随感	092
夏至二首	093
杜邑公园秦砖汉瓦博物馆	093
读司主席《微园吟草依韵奉和（藏头）诗》	094
元旦有感	094
蟹爪莲	094
姑苏行	095
双星袁隆平、吴孟超	096
登西安城墙	096
写在高兴 15 岁	097
贺神舟十二号载人飞船发射圆满成功（三名宇航员聂海胜、刘伯明、汤洪波）	097
宁夏行	098
庆祝建党 100 周年	099
送光辉夫妇赴美探亲	100

悼苏志强主任 …………………………… 100

重　阳 …………………………………… 100

庆贺翟志刚、王亚平成功出舱 ………… 101

病友情 …………………………………… 101

冬至司主席赐诗原韵奉和 ……………… 102

张平生社长赠元旦诗原韵奉和 ………… 102

海南乐东 ………………………………… 103

澄迈西海岸远眺（盈滨半岛）………… 104

琼海南强村 ……………………………… 104

琼海琼崖武装总暴动中的嘉积镇椰子寨战斗 ………… 104

绿萝（写在父亲节）…………………… 105

和邵总"题仙人球花贺父亲节" ………… 105

观电视剧《一代名相陈廷敬》………… 106

忆青铜峡水电厂洪生师傅 ……………… 106

赞中国女篮 ……………………………… 106

赞中国乒乓小将56届世乒团体锦标赛（蓉城）夺冠
…………………………………………… 107

咏杨震 …………………………………… 107

寄　语 …………………………………… 108

听陆树铭《一壶老酒》有感 …………… 108

冬奥会抒怀 ……………………………… 108

"感觉良好"宇航组翟志刚、王亚平、叶光富
　　安全返回地球 ……………………… 110

喜闻科考队登顶珠峰 …………………………………… 110

祝华种韭 ………………………………………………… 111

读放瑞《金秋拾韵》……………………………………… 111

壬寅秋四首 ……………………………………………… 112

元旦迎春暨电视观看维也纳新年音乐会 ……………… 113

迎　春 …………………………………………………… 113

大寒有感 ………………………………………………… 113

泛美花园玉兰花（二首）………………………………… 114

七　律

曲江迎张磊，送向红、新建 …………………………… 117

踏青到农家 ……………………………………………… 117

王屋山 …………………………………………………… 117

海王九岛 ………………………………………………… 118

银川览山公园与顺皋晨练 ……………………………… 118

雨中游世园会 …………………………………………… 119

鸣沙山月牙泉 …………………………………………… 119

莫高窟 …………………………………………………… 119

嘉兴—宁波跨海大桥 …………………………………… 120

千岛湖一游 ……………………………………………… 120

电力天路贺青藏联网 …………………………………… 120

贺神八与天宫一号首次对接成功 ……………………… 121

张北行 …………………………………………… 121

青城山 …………………………………………… 122

海口金色阳光酒店有感 ………………………… 122

三亚湾海边有感（二首）……………………… 123

无　题 …………………………………………… 123

元旦有感 ………………………………………… 124

无　题 …………………………………………… 124

欣喜高兴参加第七届中国优秀特长生艺术节获幼儿组
　　英语讲故事金奖 …………………………… 124

有　感 …………………………………………… 125

曲江春早 ………………………………………… 125

植树子午峪 ……………………………………… 126

石泉中坝大峡谷 ………………………………… 126

瀛　湖 …………………………………………… 126

安康安澜塔 ……………………………………… 127

小高兴六岁寄语 ………………………………… 127

纪念《毛主席在延安文艺座谈会上的讲话》发表 70 周年
　　……………………………………………… 127

父亲三周年、母亲八周年祭 …………………… 128

上津古城 ………………………………………… 128

漫川古镇 ………………………………………… 128

山阳天竺山 ……………………………………… 129

百合花 …………………………………………… 129

贺神九载人与天宫一号对接	129
赞最美乡村教师	130
中秋寄语中泽	130
党校青干班同学15年聚会有感	131
武汉东湖印象	131
83届党校培训班一组30年银川相聚有感	132
宁夏黄河楼夜游	132
元旦·同赴三亚有感	133
登三亚凤凰岭	133
无　题	134
缅　怀	134
回望三亚90天	135
妻住院有感	135
秋登贺兰山	136
湖北京山疗养有感	136
夜游三亚湾	137
元　旦	137
三亚大小洞天	138
写在县厂长、董老师寿辰	138
三亚临春村过除夕	139
陶涛到墨脱	139
陪祝华到淮北	140
悼德天厂长	141

宁夏区党校 83 培训班同学三十年聚会	141
西安交大发电 21 班同学毕业 40 年	142
自　嘲	142
赞西京医院张殿新教授及心内科三病区团队	143
三亚小东海应纪全主席相邀与纪全主席夫妇、高社主席夫妇、廖局夫妇相聚有感	143
乒乓好友勇士、老鹰三亚相会	144
元旦抒怀	144
参加大庆朋友聚会偶感	144
春　日	145
参加三亚老教授协会春节联欢会有感	145
淳安千岛湖疗养（三首）	146
观电视剧《彭德怀元帅》有感	147
祝华、靖靖赴丹麦、瑞典、芬兰、挪威四国游	147
甘肃行诗十首	148
重阳节答谢孙焕文书记鼓励	151
观电视剧《于成龙》有感	151
咏　鸡	152
红树林宾馆园景	152
遥看凤凰岭	153
与老同学益民小聚	153
游三亚海棠湾	154
写给潘智倩自编小影集《微微一笑很倾城》	154

水泉同学到西安有感 …………………………… 154

写在高兴 11 岁 ………………………………… 155

香港回归二十年 ………………………………… 155

皓程、云舒夫妇从北京到西安，小潘从银川到西安
……………………………………………… 156

到韩城 …………………………………………… 158

秋　思 …………………………………………… 159

电视剧《那年花开月正圆》观后 ……………… 159

贺十九大胜利召开 ……………………………… 159

关中四关 ………………………………………… 160

西安昆明池 ……………………………………… 161

西安—成都体验游 ……………………………… 162

青铜峡水电厂发电 50 周年有感 ……………… 162

雪中观梅 ………………………………………… 163

海口及海南西线记游 …………………………… 163

赞福瑞国际公馆 2018 年迎春联欢晚会 ……… 165

陵水新村港水上渔家乐 ………………………… 165

无　题 …………………………………………… 166

迎　春 …………………………………………… 166

靖靖、涛涛及高兴回银川过年有感 …………… 167

金鸡岭海岳半岛城邦小区四家欢聚 …………… 167

相聚三亚荔枝沟芒果园 ………………………… 168

火焰树 …………………………………………… 168

海棠湾水稻国家公园 ……………………………… 169
老友白雪从海口来看我有感 …………………… 169
有　感 ……………………………………………… 170
清明寄思 …………………………………………… 170
应平英、陈峰夫妇相邀到九所龙栖湾温泉一号 … 171
海上大阅兵 ………………………………………… 171
贺小高兴喜获陕西省春芽杯小学戏剧组二等奖 … 172
观倩倩相册《花开的声音》有感 ……………… 172
观大山制作的美篇《白鹿原影城》有感 ……… 173
广东、广西游有感 ………………………………… 173
楼前凤凰木花开了 ………………………………… 177
赞川航 3U8633 机组 ……………………………… 177
偶　感 ……………………………………………… 178
南五台山 …………………………………………… 178
到浐灞一游 ………………………………………… 179
和张嵩会长参加首届中华诗人节诗 …………… 179
读张嵩会长参加首届中华诗人节诗 …………… 180
鳌屋水街 …………………………………………… 180
俄罗斯世界杯 ……………………………………… 181
贺高兴以 170.63 分（满分 180 分）的面试成绩被
　　西安市铁一中录取 …………………………… 181
大庆之旅 …………………………………………… 182
哈尔滨之行 ………………………………………… 183

青　岛 …………………………………………………………… 184
小孙、小马夫妇从抚顺到西安 …………………………………… 185
悼王萍同学 ……………………………………………………… 186
观《马兰谣》有感 ……………………………………………… 186
郑国渠风景区 …………………………………………………… 187
下乡50年有感 …………………………………………………… 187
观《天汉传奇》大型实景演出 ………………………………… 187
观陕西人艺70年庆典演出话剧《平凡的世界》有感
………………………………………………………………… 188
改革开放40年 …………………………………………………… 188
岁末感怀 ………………………………………………………… 189
陵水清水湾一游 ………………………………………………… 189
嫦娥四号登月有感 ……………………………………………… 190
三亚小聚有感 …………………………………………………… 190
参加书法培训班 ………………………………………………… 190
贺陈更夺冠《中华诗词大会》（第四季） …………………… 191
到万科森林公园有感 …………………………………………… 191
观看三亚老教协艺术团模特团演出 …………………………… 191
到琼海看朋友吴更做菜 ………………………………………… 192
海南芒果 ………………………………………………………… 192
二十五年前受命电力建安公司有感 …………………………… 193
悼四川凉山牺牲的消防战士 …………………………………… 193
在韩志愿军遗骸回国安葬有感 ………………………………… 194

广州华南植物园	194
洞庭东山学采茶	194
苏州东山游记（六首）	195
喜闻延安地区脱贫奔小康	196
贺高兴获西安市中学生电脑动画制作一等奖	197
秦岭丰裕口—柞水环游	197
咸阳古渡	198
终南山中纳凉	198
漫步曲江大唐不夜城	198
蓝田碧水湾温泉	199
曲江小聚	199
到香积寺	199
银川吴裕泰花园茶餐厅聚会	200
贺新中国七十国庆	200
新中国70华诞庆典电视观礼有感	201
观星明到乌兰布统草原摄影作品感	202
再游韩城	202
结婚纪念日有感	204
赞西安长乐坊派出所	204
冬至感怀	205
元旦观泛美小区蜡梅绽放	205
曲江七大遗址公园	206
大明宫遗址公园	208

贺彭敏获央视第五季诗词大会冠军 ……………………… 209
贺高捷当选宁夏回族自治区劳动模范 …………………… 209
支援武汉抗疫医疗队返程有感 …………………………… 210
举国悼念抗疫斗争牺牲烈士和逝世同胞 ………………… 210
无　题 ………………………………………………………… 210
高兴 14 岁生日感怀 ………………………………………… 211
雨游昆明池七夕公园 ……………………………………… 211
白鹿原影视城 ……………………………………………… 211
菜地漫吟 …………………………………………………… 212
怀念共和国勋章获得者申纪兰 …………………………… 212
写在庚子年医师节 ………………………………………… 212
"天问一号"探测火星升空有感 ………………………… 213
高陵泾河渭水交汇处 ……………………………………… 213
抗战胜利日有感 …………………………………………… 213
无　题 ………………………………………………………… 214
蓝田家人小聚 ……………………………………………… 214
乡　思 ………………………………………………………… 215
无　题 ………………………………………………………… 215
排律·观陕西歌舞剧院演出大型原创乐舞诗《大唐赋》
　　………………………………………………………… 216
有　感 ………………………………………………………… 216
2018 年祝华过宁夏西吉火石寨玻璃栈桥 ……………… 217
读皓程《梦回大庆看雪花》 ……………………………… 217

岁末感怀	218
观《山海情》电视剧	219
悼志远	219
祝华手术日感	220
脱贫攻坚赞	220
贺常老师彩铅书画成功展出	220
宁夏电建组诗	221
赞俊辉、俊耀（东正）兄弟途经张家口救遇车祸南开大学袁超磊副教授（新韵）	231
天问一号"祝融车"成功登陆火星	232
有朋自远方来	232
宁夏行	233
贺高兴中考喜得670分	236
白鹿原鲸鱼沟	236
宁夏六盘山	237
无　题	237
喜迎神舟12号宇航员回家	238
孟晚舟回国	238
十四届全运会	239
祝华66岁生日	239
贺神舟13号胜利升空	240
看全国第11届残运会暨第8届特奥会开幕式直播感	240

四大佛教名山	241
赞乒坛五朵金花	242
无　题	242
长安大明宫	243
冬　至	243
荧屏观元旦升旗仪式	244
观电视剧《功勋》	244
赞中国女足亚洲杯夺冠	245
上元佳节抒怀	245
贺冬残奥会开幕	245
三亚防疫管控有感（4月2日—20日）	246
弯子木	246
写在母亲节	247
庆祝共青团成立100周年	247
写给高兴16岁	248
榴　花	248
祝华种菜	248
陕菜探秘157站蓝田夜谭白鹿原	249
捷夫赠书《梦宴》有感	249
中国人民解放军建军95周年抒怀	250
喜迎党的二十大有感（新韵）	250
文青来陕工作	250
吃蟹（祝华生日，东山寄来闸蟹）	251

悼念秀贞老同学 ……………………………… 251
忆江泽民总书记到青铜峡水电厂 …………… 252
心语（写在与祝华结婚 45 周年）…………… 252
壬寅岁杪感怀 ………………………………… 253
罗敷华山御温泉 ……………………………… 253
贺张守庆院长 80 寿诞 ………………………… 254
有　感 ………………………………………… 254
癸卯惊蛰 ……………………………………… 255
春游兴庆宫公园（新韵）……………………… 255
西安交大 127 周年校庆 ……………………… 255

词

忆江南·丹东印象 …………………………… 259
满庭芳·大连庄河冰峪沟 …………………… 259
望海潮·宁波奉化滕头村 …………………… 260
水调歌头·三亚平安夜和兆碧（原韵）……… 261
水调歌头·晏奉梅油画展有感 ……………… 262
水龙吟·曲阜 ………………………………… 262
望海潮·武当山 ……………………………… 263
永遇乐·神农架 ……………………………… 263
沁园春·峨眉山 ……………………………… 264
蝶恋花·青龙寺观樱花 ……………………… 264

水调歌头·澳大利亚—新西兰游 ……………………… 265

浣溪沙·高兴七岁 …………………………………… 266

渔家傲·成都黄龙溪镇 ………………………………… 266

临江仙·观窗外红叶 …………………………………… 267

临江仙·三亚老教授活动中心 ………………………… 267

临江仙·漫步三亚临春河畔白鹭公园 ………………… 268

念奴娇·重游三峡大坝 ………………………………… 268

桂枝香·到荆州 ………………………………………… 269

虞美人·三亚临春村元宵节有感 ……………………… 269

庆春泽·高氏家人聚会宝鸡 …………………………… 270

鹧鸪天·相聚 …………………………………………… 270

鹧鸪天·三爷爷、三奶奶及三位婶婶 ………………… 271

鹧鸪天·祭祖 …………………………………………… 271

鹧鸪天·活动组织三剑客 ……………………………… 272

鹧鸪天·夜话家常 ……………………………………… 272

鹧鸪天·写给高兴9岁生日登华山 …………………… 273

水调歌头·富平 ………………………………………… 274

水调歌头·登临春岭 …………………………………… 274

鹧鸪天·到大茅山庄 …………………………………… 275

鹧鸪天·环岛游前到晓丽家 …………………………… 275

临江仙·吃饺子 ………………………………………… 276

浣溪沙·到三亚学院有感 ……………………………… 276

鹧鸪天·三亚福瑞国际小区迎春联欢有感 …………… 277

渔歌子·乐东随感	277
鹧鸪天·三亚半岭泡温泉	278
鹧鸪天·与保全小聚	278
浣溪沙·千岛湖大酒店即兴	279
浣溪沙·千岛湖小岛听雨	279
浣溪沙·千岛湖一游	280
鹧鸪天·西安交大120年校庆书映理老同学	280
鹧鸪天·庆七一	280
临江仙·曲江池观荷	281
踏莎行·相逢	281
忆江南·银川好八首（选四）	282
临江仙·读张嵩会长《渐行渐远集》《散落的羽片》《温暖的石头》	283
鹧鸪天·贺"神舟十一"发射和天宫二号对接成功	283
鹧鸪天·珠海、深圳、中山行八首	284
沁园春·与沈冶夫妇、雪雁夫妇三亚过年有感	286
鹧鸪天·立春	286
忆江南·到海南昌江棋子湾	287
鹧鸪天·到海南东方	287
鹧鸪天·贺三亚群众艺术馆开馆	288
鹧鸪天·写在父亲诞辰90周年	288
鹧鸪天·听李山教授讲《诗经》	288
浣溪沙·城墙遗址公园漫步	289

鹧鸪天·牛背梁（二首） …………………………… 289

鹧鸪天·写在南京大屠杀80周年国家公祭日 …………… 290

沁园春·三亚万科以球会友 ……………………………… 290

沁园春·到博鳌 …………………………………………… 291

满庭芳·高兴12岁 ………………………………………… 291

清平乐·六盘山 …………………………………………… 292

沁园春·西吉火石寨 ……………………………………… 292

沁园春·贺银川铁路中学（原银川第24中学）60年校庆
………………………………………………………………… 293

鹧鸪天·观李雷经理的美篇《午后骄阳》……………… 293

卜算子·元旦电视观天安门升国旗仪式 ………………… 294

水调歌头·儋州龙门激浪 ………………………………… 294

鹧鸪天·观看科幻影片《流浪地球》…………………… 295

鹧鸪天·有感 ……………………………………………… 295

鹧鸪天·广州与云瑞相见 ………………………………… 295

鹧鸪天·苏州东山湖畔人家 ……………………………… 296

蝶恋花·太湖漫步 ………………………………………… 296

鹧鸪天·苏州东山农家 …………………………………… 296

鹧鸪天·第29届全国图书交易博览会 …………………… 297

沁园春·写给靖靖生日 …………………………………… 297

鹧鸪天·贺常老师70寿辰 ………………………………… 298

一剪梅·太平峪口纳凉 …………………………………… 298

鹧鸪天·棣花小镇 ………………………………………… 299

鹧鸪天·游秦岭牛背梁 …………………………………… 300

水调歌头·重游终南山 …………………………………… 300

浣溪沙·大雁塔北广场喷泉 ……………………………… 301

踏莎行·大唐芙蓉园与永忠夫妇、顺皋同游 …………… 301

鹧鸪天·泾源六盘山国家森林公园 ……………………… 302

鹧鸪天·"九一八"90周年有感 ………………………… 302

鹧鸪天·靖靖生日 ………………………………………… 303

鹧鸪天·中秋 ……………………………………………… 303

鹧鸪天·观电影《长津湖》 ……………………………… 304

御街行·西安湘子庙街 …………………………………… 304

鹧鸪天·大秦文明园 ……………………………………… 305

鹧鸪天·长安 ……………………………………………… 305

鹧鸪天·交大记忆（1972—1975） ……………………… 306

鹧鸪天·汤圆 ……………………………………………… 308

鹧鸪天·冬奥会抒怀 ……………………………………… 309

鹧鸪天·潭门抒怀 ………………………………………… 309

鹊桥仙·贺神舟十四飞天 ………………………………… 310

鹧鸪天·问天实验舱发射成功 …………………………… 310

清平乐·蓝田灞原青坪村 ………………………………… 311

柘枝引·习和微园秋寄 …………………………………… 312

诉衷情·清凉盼 …………………………………………… 313

浣溪沙·和邵总《浣溪沙·出伏》 ……………………… 314

浣溪沙·吟秋 ……………………………………………… 315

清平乐·叹秋	315
水调歌头·习和邵总《水调歌头·壬寅中秋》	316
水调歌头·兴庆宫公园	317
浣溪沙·壬寅重阳	318
鹧鸪天·潼关三河口	318
鹧鸪天·翠华山耕读书屋	319
鹧鸪天·贺梦天舱发射交会对接成功暨中国空间站"T"字基本构型组装完成	319
鹧鸪天·有感	320
贺新郎·壬寅小雪后寒潮袭来	320
沁园春·除夕	321
满庭芳·贺邵总寿诞	322
行香子·竹兰梅菊荷松	323
鹧鸪天·踏青	325
长相思	325
行香子·樱花	326
鹧鸪天·富平中华郡	326

古　风

西安城墙	329
放风筝	331
再游三亚湾	333

重整祖墓祭文	334
快乐乒乓万科行	335
白鹿仓十二景	336
袁家村	337
遥寄哀思·怀念三爷爷	338

新　诗

门源的油菜花	341
九寨遐想	346
写给笑笑	350
写在高兴 10 周岁	352
遐　想	354
女排姑娘，我为你自豪	356
涟　漪	358
诗的电网　致纪全主席和电力摄影爱好者	360
金孔雀赞	362
记　忆	364
记忆（续）　写在结婚 40 周年	368
木棉花开	373
红嘴鸥与凤城的美丽约定	376
烟雨游漓江	378
生命之唤	380

归真（病房）	382
过年，知青的故事	385
听 雨	391
为兰渝铁路的建设者们点赞	393
斑马线	397
春 望	400
火焰木随想	402
写给少年浩天	405
乡间那条小路	406
无 题	408
青铜古峡情	408
后记	412

五绝 五律

五绝·无 题

2015 年 9 月 22 日

云绕终南行，红飞雁塔迎。
斜阳复雨后，远黛见峥嵘。

有感·写在交大同学敬滨夫妇到西安

2017 年 10 月 13 日

往事如光影，帧帧在眼帘。
情深悬日月，笑绽鬓霜添。

五绝·望南山

2018 年 6 月 26 日

雨霁终南净，云浮瑞蔼盈。
抒怀天际外，季夏溢幽情。

五绝·题高山《美篇》菊花照

2019 年 9 月 20 日

香蕊漫芳音，冰姿五色匀。
东篱怜摄客，篇美诉秋心。

五绝·武夷山一线天

2019 年 10 月 22—24 日

灵岩锦缝开，倒挂碧虹来。
仰见通霄路，清晖惬意裁。

五绝·和微园邵总《壬寅处暑》

2022 年 8 月 23 日

金凤何处至，暑气渐王囚。
霁雨长安静，霓云岭上流。

邵总原诗：壬寅处暑
　　　　　西风无管束，暑气妄拘囚。
　　　　　一叶窗前落，大江天外流。

五绝·山茶花雪中开放

2022 年 12 月 25 日

傲雪一枝红，芳姿梦幻中。
呼梅无限意，联袂笑春风。

五绝·腊　八

2022 年 12 月 30 日（农历腊月初八）

才食冬至饺，又啖腊八粥。
七宝三勺寄，生活五味稠。

注：七宝，腊八粥又称七宝五味粥。

五绝·癸卯清明

2023 年 4 月 5 日

阳和气润清，草木色泽明。
窗外纷纷雨，心头念念情。

五律·高兴四岁

2010年5月29日

稚趣溢春光,朝阳笑语香。
逢人无讳忌,遇事有思量。
视野书山拓,心花海角翔。
新芽催雨露,老干更柔肠。

五律·壶口瀑布

2011年9月9日

挟风追日月,带雨冠神州。
韵揽霓虹展,情谐玉梦流。
浪花喷五色,气势吼千牛。
九曲银泓落,一壶瑞霭收。

游金丝峡

2013年5月8日与大康主席夫妇、陈飞书记、小刘、小陈、小沈等进峡一游。

秦岭商州美,灵秀深山藏。
千壑聚三龙,百转汇丹江。
金丝三千丈,峡谷数里长。
峡因水象躁,峡缘山样昌。
雨润羞桃色,风吹唤春光。
夏日浴琼露,酷暑享清凉。
秋果硕旷野,枫叶红谷梁。
冬季氤淞雾,满山挂银装。
邀君同欣赏,结伴共益彰。
雨过煦和风,山静迎朝阳。
青藤滴心翠,野花扑鼻香。
沾指染苔绿,摇臂落琼浆。
栈道盘壑谷,白练戏潭塘。
呼吸生云气,盘旋入浩茫。
壁立飞鸟惊,穹窄弦月镶。
仰观天若线,俯瞰道似肠。
石板生奇树,蕙兰吐芬芳。
清泉石上流,怡趣林间翔。

溪潭吹玉琯，泉瀑奏圭璋。
锁龙踏波舞，浣女涤丝忙。
双溪出云霄，霓虹跃峦冈。
关圣现英姿，黑龙吼秦腔。
人间拂尘扫，水中月牙顽。
知名十三瀑，竞秀四八方。
一水一佳音，一山一画廊。
俯仰吐神韵，嵯峨着云裳。
松立光熠熠，峰挺烛煌煌。
地起神鞭兀，马刨泉水泱。
亭亭痴心女，伟伟憨情郎。
汗墨崖迹远，诗仙字痕苍。
岩石怪百态，遐想任一厢。
童吹牛角侧，妇抚鸡冠旁。
响鼓听九霄，倭瓜送十乡。
猫耳百丈喧，魔发千尺扬。
若书薄石叠，似砚圆潭祥。
顽猴戏凤乐，仙人宴平觞。
古寨临石燕，祈福上玉皇。
远眺楚豫阔，洞天气势强。
云游困鸟道，坛移下武当。
石炼铸霜剑，烟飞起风罡。
蓄水落铁闸，成湖固金汤。
飞花承旧貌，摇影著新章。

五丁铺云栈，大禹开阊阖。
平凹书绝壁，灼烁显锋芒。
山美水清涟，林秀人善良。
佳茗款款意，好酒悠悠尝。
挑青山野味，举杯话麻桑。
离尘逾秦汉，寻梦穿隋唐。
浮沉任意去，呼啸尽情狂。
倾心虽无媚，昂首却有刚。
流水抒雅韵，高山报安康。
信步合地转，随心入天荒。

五律·择　玉

2013 年 5 月

璞隐乃何鸣，击之起籁声。
珉中择碧玉，人里荐精英。
总蓄汲汲梦，常怀善善情。
若非心似雪，焉可蕊如琼。

五律·三亚老教授活动中心B栋六楼平台眺望

2014年1月12日

几度唤斜阳，登台纳晚凉。
红飘楼带韵，金洒岭飞妆。
着意花冠树，有情凤伴凰。
鹭城多妩媚，灯火舞霓裳。

五律·悼青铜峡水电厂淑媛主席

2012年2月8日

一个好人离去了，一个可敬的人离去了，让我们共同怀念她——

惊梦浪声沉，贺兰带泪深。
长河燃电火，大漠唤天音。
影剪青峡志，情飞赤地心。
留得真爱在，思念始于今。

相约小东海半山半岛

2015 年 12 月 28 日

我和祝华相约纪全兄、平英陈峰夫妇、晓丽志明夫妇三亚小东海湾一游。

相约小东海，美丽半岛湾。
一色接天际，万顷扶宇寰。
滴露山泼黛，流光水浮蓝。
椰林唱婆娑，沙滩走蜿蜒。
弄潮犁碧波，击浪启白帆。
风拂送笑语，云荡迎歌甜。
看花消俗虑，听涛拨雅弦。
梅鹿鸣切切，凤凰舞翩翩。
撩趣诗话绕，寻幽禅机牵。
躬身栈桥下，拾取贝壳妍。

相约小东海，激情半岛湾。
萌动童稚喜，聊发少年欢。
脸如丹霞灿，衣若彩虹斑。
丽习霓裳舞，华踢紫金冠。
平英韵姿狂，老陈神态憨。
得意人自醉，随性语犹癫。
前后调焦距，俯仰捕瞬间。

镜中影百张，心底梦一帘。
凤城同学谊，鹭岛故知缘。
回眸吟啸客，放怀仰谪仙。

海南环岛游

2016 年 1 月 13 日

结伴陈峰平英、志明晓丽、庆昌秀英诸夫妇乘三亚—三亚和谐号 7102/7103 次动车海南环岛一游。途经：三亚站—亚龙湾（田独）—陵水—神州—万宁—博鳌—琼海—文昌—美兰机场—海口东—城西（汽车南站）—秀英—长流—海口—老城镇—福山镇—临高南—银滩—白马井（洋浦）—海头—棋子湾—东方—金月湾—尖峰—黄流—乐东—崖城—凤凰机场—三亚站。

结伴了夙愿，和谐环岛行。
山峦百回过，海湾几度重。
美丽冠三亚，浪漫书亚龙。
索道喜勿扰，猴群拒非诚。
龙舟千人趣，槟郎万众情。
博鳌玉带美，万泉旌旗红。
酒盈品加积，石破看天惊。
国母誉九乡，航天发多星。
铜鼓响海南，椰林秀岸东。

瀛海五公祠，人文一椰城。
火山灰烟尽，骑楼岁月凝。
独珠似回峰，双帘如雷鸣。
洋浦唱新曲，渴骥留遗踪。
书院歌东坡，儋州舞调声。
棋子分黑白，鱼鳞间丹青。
花梨数东方，婚礼讲哥隆。
尖峰基因库，蝴蝶王国名。
化石活树蕨，抗癌红壳松。
南海佑观音，江山谢毛公。
天涯风淡淡，海角日浓浓。
梅鹿追新月，凤凰贯长虹。
景色脑中过，笑声车里萦。
双扣战勇武，咖啡养疏慵。
随心频话语，着意醉东风。
神游思臻妙，高铁首倡功。

五律·海边漫步

2016年1月29日

惬意黄昏后，约朋踏浪游。
人喧银岸动，蟹跑玉滩悠。
波滟衔霞美，阳斜揽海柔。
休闲真趣在，且向乐中求。

五律·三亚回新村一瞥

2016年1月29日

楼高傍海边，巷窄路盘旋。
大寺刚承建，回村几变迁。
吟诗舒远目，举酒絮新缘。
候鸟闲居处，富庶已数年。

高兴到三亚

2016年2月11日—18日

长安银燕到，三亚高兴来。
朦胧倩影远，清晰画卷开。
室雅"海"风正，阁美雕栏斜。
凤岭迎朝日，椰廊送晚霞。
石桌写字早，塑椅阅读忙。
手机拍照片，微信传爹娘。
童心来半岛，稚趣爱清波。
寻找浅石壁，捞出小海螺。
海边寻旧迹，沙滩印新踪。
踏浪如博虎，推波似骑鲸。

椰林复天穹,凤凰映日红。
心中曾相识,应是鹿村东。
乐耍小东海,嬉戏三亚湾。
垒出长城美,修的城堡圆。
寻蟹掏洞洞,枕波晃悠悠。
南山游目取,碧浪放怀收。
半岭风景好,温泉兴味赊。
大桶泻玉泉,小池拍水花。
泼水悬心荡,滑梯狭路逢。
俯仰清波里,轻载浪几重。
天天时间短,时时欢乐长。
鹿城抬望眼,秦关总牵肠。

西安交大120年校庆暨西迁60周年发电21班同学相聚

2016年4月6日—9日

(一)

云蒸山岳舞,霞蔚水天和。
华夏功学教,寰宇誉研科。
二百尚努力,一流正爬坡。
固本根西部,创新领先河。
豪气情浩浩,风骚意峨峨。

三纪吟风雨，双甲奏弦歌。
咸宁垂弹柳，燕翔长新荷。
千里寻人海，咫尺揽花波。
相对拭珠泪，相拥入梦柯。
别离乾坤久，今逢是几何？
一身追远梦，半世叹蹉跎。
少时心质朴，老来感慨多。

（二）

暖暖樱花舞，悠悠信天游。
雁塔耸云秀，渭河揽月柔。
仰止宝塔顶，感慨延水头。
激扬问大地，击水到中流。
脚下暴雨过，头上烈日浮。
重踏红色路，永书五彩秋。
夜宿苍龙岭，日走老君沟。
小伙冲霄汉，姑娘接斗牛。
校园深洞筑，池阳小麦收。
认知到户县，实习去兰州。
难忘红薯饭，犹思高粱粥。
操场乐喧闹，教室喜清幽。
一首卖花曲，双巾泪眼揉。
田径运动会，欢呼喊加油。
柳影沉思密，灯光讨论稠。
书山勤为径，学海苦作舟。

素心得清趣，赤胆有乡愁。
火淬锋方利，雪欺色更优。
恩师情不舍，同窗缘难求。
数载风云荡，缱绻梦常留。

（三）

离别四一载，相逢便忘年。
沧桑新容貌，韶华旧时颜。
释怀添鬓雪，畅饮动心弦。
如烟皆在眼，似梦何能眠？
读书为理想，写史续雄篇。
奋斗无休止，传承有接班。
颔首今合影，凝眸昨照片。
岁月增中减，人生苦后甜。
种得花馥郁，修来月婵娟。
反哺曾跪乳，知恩常思源。
轻盈通曲径，浩荡走校园。
带露牡丹美，含风樱花妍。
人游画图里，楼掩春色间。
数幅同学乐，一帧校友欢。
永宁仪仗阵，长乐太极拳。
垛口览街秀，箭楼望云穿。
今昔城墙路，当年壁垒关。
人杰群共仰，史诗众相传。
曲江迎远客，时逢三月三。

濯足池水畔；杨花丽人前。
寒窑故事久，陋室爱情甜。
倩影融镜里，笑声洒湖边。
谁向瑶台舞，我对九龙环。
霓虹金缕幻，烟云花雨沾。
仙子凌空寂，真人涉水喧。
一曲长恨歌，千古恋骊山。
哀思悲凄凄，呼喊泪涟涟。
三友青春貌，四时浮眼帘。
交大同学谊，长安故知缘。
萌动童稚趣，呼得少年还。
得意人自醉，随性语犹癫。
不受浮名束，斜阳色斑斓。

（四）

四方翁，欢声笑语"莲花"中。
桃月韶光忆柳绿，猴年好景阅花红。
良杰致辞满含情，相顾朦胧肚内明。
耳畔嘱吾多保重，呼出祝酒同学名。
连周向晚气正雄，把盏澄怀声如钟。
交大来年再相聚，汉城湖畔我做东。
长木调侃喜无形，气氛活跃添温馨。
童心一片新拾得，欧亚两处写丹青。
倩影依然绽春光，伏生经年热心肠。
喜说校庆几次聚，乐赠玫瑰三秦香。

慧质女儿慰心田，素芹守望那片天。
回眸几度崚嶒路，喜听长安鸣杜鹃。
当年校队英姿展，今日凤莲新貌换。
服务大家说意向，后勤工作我来干。
千呼万唤网络寻，群主王萍送佳音。
四十一载风云过，同唱弦歌在有心。
聊起当年话语频，谁在咱班最青春。
曾记改君女孩貌，而今已是奶奶身。
激情直上九重霄，尘世迂烦尽数抛。
曲水流觞精气爽，满座元春笑声高。
自爱孤烟守北疆，相怜冰魄回廊坊。
连忠谈笑桑榆晚，重觅校园旧时光。
春城历雨飞春花，十堰经风舞晴沙。
缱绻兰才谁可解？相邀共品武当茶。
迎风银柳自生香，小桂奔波两广忙。
微信告知班聚日，直别梧市下咸阳。
黄河细浪陇上虹，映理扶摇唱大风。
更喜同行贤内助，长安聚会建新功。
绍清抚志意躬行，驰骋北南业峥嵘。
岁晚光阴多感慨，一樽酒待同学倾。
城墙释惑问未央，典史敬滨腹有藏。
今日只说缘深浅，来年再论文短长。
钢镚爷爷母校牵，只为青春那段缘。
展示镜中影百张，传扬心底情一帘。
城头亮式太极真，灯下挥毫付艰辛。

不见官良昔年影，而今潇洒庆阳人。
对面问候心茫然，脑中百度几瞬间。
举杯校庆当高咏，我与方涛话流年。
丝绸古道光明行，戴月披星万千情。
金城东望长怀旧，学友相拥道无声。
巧织霞锦汗水磨，喜按云潮任风搓。
建中荟萃镜头里，夕阳无限化长歌。
年华似梦逐流去，岁月如歌瞬转休。
拙笔长安诗下酒，晚晴自古唱风流。

五律·与老同学品茶

2016年7月9日

细品复重斟，茶香浸润心。
神驰思既往，情系阅如今。
感旧红霞艳，绮怀碧海深。
同窗曾四载，几多暖胸襟？

五律·游三亚中廖村（新韵）

2017年1月30日（农历丁酉年正月初三）

与雷厂长夫妇相邀游三亚最美丽乡村中廖村。

（一）

鸟语湖山韵，椰风天籁音。
花红夹小道，树绿抱幽村。
古朴民俗雅，今笃风化淳。
黎家庭院美，米酒果蔬新。

（二）

中廖美自然，"大脚"化云天。
规划"十区带"，标准"绿海绵"。
旌扬坚壁破，鼓漫凯歌传。
客访村深处，黎哥话变迁。

注：大脚，指大脚革命。当代城镇建设需要一场革命——"大脚革命"。第一，"反规划"解放和恢复自然之大脚，改变现有的城镇发展建设规划模式，建立一套生态基础设施。第二，必须倡导基于生态与环境伦理的新美学——大脚美学，认识到自然是美的。

五律·丁酉清明崖州望银川

2017 年 4 月 4 日

莹墓卧银川，崖州怎入眠？
挑灯荡逝水，吹角拂孤烟。
惊梦慈亲泪，横空令父肩。
焚香南海畔，清明祭椿萱。

五律·庆贺 C-919 首飞成功

2017 年 5 月 5 日

清歌携梦想，热舞驾长风。
青史开新页，炎黄耀昊穹。
蓝天邀朗日，东海奉瑶觥。
打破篱中壁，丹青云外虹。

太白穿越·写给涛涛穿越太白山并吾神游之

2017 年 7 月 15 日—16 日

造化叹奇观，紫微落秦川。
惊雷摇风骨，飞雪耸峰峦。
江河分水岭，南北划界线。
福地梵音响，洞天诗韵传。
太乙久仰止，结伴今登攀。
已将心沐浴，犹恐梦埃沾。
林峦曲径通，涧谷回声远。
豆杉迎远客，云雾走群仙。
山脚盛夏暖，山顶严冬寒。
观瀑纷纷雨，寻幽风淡淡。
景色一时看，林带四季谈。
峭壁身前立，深渊脚下悬。
暮诵览鸟道，朝吟开天关。
大海传梵呗，二海载清颜。
皇池沉碎玉，草甸笼青岚。
须眉疏磨砺，巾帼誉雅娴。
佳时身愈劲，胜处步愈艰。
汗洒高山处，情动碧宇间。
天门情未尽，极顶意犹酣。
凌霄鹰兴奋，满目石休闲。

封神思姜尚，谪仙数青莲。
一览群山小，八方云霭宽。
石海蹄印布，木寺断垣连。
登阶拜文公，缓步忆子瞻。
耕雨量地方，梳风画天圆。
朦胧洗山壑，闪烁戴星湾。
梦语来天外，鼾声响山巅。
挹秀人如醉，流芬心亦甜。
上山道今古，下山说绂烦。
放逸承先哲，逍遥启后贤。
清歌方弄影，热舞暂收官。
惇物桑梓地，当咏去来篇。

观朱日和阅兵——
庆祝中国人民解放军建军 90 周年

2017 年 7 月 30 日上午 9 时

沙场点精兵，强军号角鸣。
雄鹰天际舞，利箭宇环横。
迷彩铺春色，深蓝响籁声。
峥嵘书九秩，使命为和平。

五律·雨中游曲江池

2017 年 10 月 10 日

自古烟波景，长安梦此居。
微风吹岸柳，细雨唤湖鱼。
子美诗情展，辅之韵意舒。
回肠花醉客，顾影水摇庐。

注：子美，杜甫，曾写诗《丽人行》。泛指大唐诗人。辅之，王棨，唐朝人，曾写《曲江池赋》。

写给高枫

2018 年 3 月 23 日

遥忆兰山雪，慨诵戈壁霜。
云头旗引路，笔底韵飘香。
青春无怨悔，情怀任炎凉。
甘为孺子牛，曾作顶柱梁。
云闲向歌声，轻裘图疏狂。
归元承怡露，逝水揽斜阳。

一曲歌回天涯情

2018 年 3 月 30 日

怡情离北塞，衔趣到南疆。
天高云流韵，海阔水凝光。
涛疾飞绿袂，草浅映红妆。
花开舒意惬，春暖起兴长。
云轻浮远岫，人老忆旧腔。
情真非偶尔，意切是经常。
丹心同追梦，美景共举觞。
吟成篇馥郁，收作气疏狂。
攘攘容谁懒，匆匆且众忙。
厨艺精烹饪，美食细品尝。
当窗理云鬓，对镜贴花黄。
红衣争靓丽，紫裙竞时装。
瑰谷聆天籁，清心忘尘乡。
凌波巾帔飘，踏浪身姿翔。
"大嫂"说故事，"延安"唱宫商。
山曲歌两首，兰花笑一厢。
寻春诗染绿，品茗酒流香。
炫彩思环宇，重情悟沧桑。
火红南海梦，湛蓝西沙航。
浪逐天辽阔，歌飞人轩昂。

心潮腾热血，军魂吊国殇。

发展为民祉，和平仗国强。

明月岛影幽，和风涛声朗。

碧波呈异彩，红日跃辉煌。

步麻岛上种，珊瑚水中藏。

"鸭公"渔村建，"银屿"国旗扬。

空澄且震魄，气爽何铿锵。

快门弹新曲，微信诵雅章。

美丽任依偎，浪漫自徜徉。

天涯揽胜景，海角俏夕阳。

五律·贺石政委 80 岁寿辰

2018 年 5 月 31 日

横剑同江洌，执鞭弟子妍。

长河歌古道，大漠舞新天。

赤日心房绕，柔虹梦境牵。

杖朝迟暮里，壮志寄凌烟。

注：同江，大同江，朝鲜的地理标志之一。老政委石慧卿曾赴朝作战。执鞭，老政委曾在解放军西安政治学院任教，担任政治部主任。后调任甘肃军区任副政委。凌烟，指凌烟阁。唐朝为表彰功臣而建筑的绘有功臣图像的高阁。

五律·临潼悦椿温泉酒店小住

2018年9月30日—10月1日

国庆节，靖靖、涛涛带我们到临潼一游。

国庆秋初起，临潼气愈清。
榴摇枝硕硕，柿映水盈盈。
楼雅山岚绕，园幽趣意生。
食蔬出吕相，梦暖忘归程。

五律·薇薇和豆豆

2019年1月26日

薇薇和豆豆，万科手拉手。
一双小姐妹，两个好朋友。
稚淳脸上藏，灵气眼中走。
挥拍萌萌哒，乒坛待新秀。

五律·己亥二月初二万科理发

龙腾祥二月，剃剪塑头型。
坡上红花美，林间绿草馨。
犁开奔好运，手巧走丹青。
荡垢春风至，惊雷万里听。

五律·赞刘诗雯

世锦十年梦，乒坛壮志酬。
青春惜过往，岁月恋回留。
汗雨灵心励，酸辛秉性浮。
初衷从不悔，叱咤立鳌头。

五律·有感《辽宁晚报》登载蛇博士云哥（史静耸）抢救咸阳被银环蛇咬青年马志广

2019年7月4日

告急飞渭水，悬命动心惊。
网话凌空过，云哥戴月行。
拳拳追凤舞，切切伴机鸣。
荡气夸大美，骋怀影自横。

五律·长安林间山庄

2019年9月1日

轻车潇细雨，秋意漫秦川。
吐翠芳林静，流红小路妍。
柴烧村味美，手采果蔬鲜。
旷望开心境，清新野趣添。

五律·白露陪顺皋到秦岭丰裕口

2019 年 9 月 8 日

极目峰峦翠，驱车谷壑风。
温升候渐变，雨降瞬时逢。
快意秋山里，畅怀野宴中。
燕都情切切，秦岭意融融。

五律·题高山《美篇》菊花照

2019 年 9 月 20 日

凤城香阵透，篱畔散幽葩。
缥缈凝银露，缠绵舞紫霞。
凌风梳细叶，傲雨飞圆花。
铁骨经霜老，金心吐朴华。

五律·厦门一瞥

2019 年 10 月 19 日

惬意闽南风，新城画境中。
聆涛怜路美，赏景赞花红。
玉罄梵音远，钢琴曲调雄。
探幽何所寄，夕照揽晴空。

五律·云水谣古镇印象

2019 年 10 月 21 日

千载古榕芳，百年街巷昌。
土楼担日月，石道历沧桑。
碧水情初梦，秋云意故乡。
幽篁兰蕙引，霞蔚染霓裳。

五律·赞土楼

2019 年 10 月 21 日

天圆构造优，南靖客家楼。
竹影含光翠，鸟声唤梦柔。
双环怀志远，八卦喻和悠。
梵宇云窟里，登临唱晚秋。

五律·武夷山五景

2019 年 10 月 22 日—24 日

天游峰

万仞见灵峰，天阁瑞蔼中。
雪泉飘涧雨，古木响山风。
茶洞环屏翠，云窝赏豆红。
九曲一览尽，把酒邀霞翁。

注：霞翁，指徐霞客。

九曲溪漂流（从九曲星村——一曲武夷宫）

峰回路转湾，篙舞俚歌喧。
水碧溪鱼跃，洞幽木樟悬。
云姿临玉镜，竹影入中天。
景换谁相解，筏漂醉自然。

大红袍岩茶

绝壁仰丰标，凌寒素寂寥。
老枝逢雨嫩，新蕊沐风娇。
岩骨循兰馥，丹泉奏凤萧。
琼浆凝五气，意韵满觥瑶。

观看《印象大红袍》

水转浮云气，山移唤日华。
依依三女泪，脉脉大王家。
金殿欣折桂，琼枝喜染霞。
九溪聆棹曲，七饮第一茶。

武夷书院

精舍隐屏峰，堂前仰晦翁。
致知思辩里，格物践实中。
理继双伯道，书追二圣风。
独情山水意，九棹唱学宫。

注：双伯，指程颢（河南伯），程颐（伊川伯）。
二圣，指孔子、孟子。

五律·赞香港国安立法

2020 年 7 月 16 日　星期四

共贺廿三春，国安立法新。
蚍蜉摇树去，丽日奉天巡。
香岛飞花雨，中州托月轮。
潮声欣动地，踏浪破氤氲。

五律·马嵬坡

2020 年 8 月 23 日

一坡千古韵，驿站诉唐悠。
转辗馇泽巷，逍遥景怡眸。
六军声骤起，孤冢恨长留。
寻迹凭诗想，残阳映箭楼。

五律·读世伟兄《微园吟草》

微园芳草碧，曲径入庭幽。
韵向山河醉，情随日月流。
陶然圆电梦，潇洒点金瓯。
格物斯怀乐，风追问五洲。

凤林兄赐诗次韵奉和为谢

月冷心逾静，花残韵更幽。

初冬添肃气，旧梦枕清流。

朋故人千里，情怀酒一瓯。

漫思家国事，风雨满沧州。

五律·"嫦娥五号"探月归来

2020年12月17日

探月苍穹阔，蟾宫画境幽。

吴刚捧桂渌，玉兔引兰舟。

挽臂取岩壤，回环摄壑丘。

陶然升绕落，来去任尔游。

五律·农家小园

2021年3月25日

宅外五分田，农家小菜园。

桃梨花斗彩，芹韭叶争鲜。

草果株株嫩，洋荷朵朵妍。

圃畦红靥醉，巧手绘春天。

注：草果，草莓；洋荷，郁金香的别称。

赞俊辉俊耀（东正）兄弟途经张家口救车祸南开大学袁超磊副教授

（新韵）

2021年5月2日

国庆爽气鲜，旅游冀北原。
路边瞧线断，沟底见车翻。
生命危星火，时间迅跳丸。
救焚拯溺动，策电扫霆穿。
踏壑忙施助，携风解倒悬。
慈心千载韵，善举九重天。
大爱留青野，真情润术阡。
耀辉存本色，点赞好儿男。

五律·姑苏行

2021年5月10日—21日

结伴南山麓，姑苏古镇行。
群芳同绽艳，良友共争鸣。
互爱人常乐，相帮众有情。
怡心凝瑞气，景美起欢声。

五律·再见东山古镇

2021 年 5 月 10 日—21 日

桃源寻世外，古镇溢清香。
草木湖边翠，枇杷岭上黄。
日斜人在野，犬吠客归堂。
挥别无多语，当知果事忙。

秦岭国家植物园

2021 年 5 月 26 日—30 日王平夫妇自银川来西安。

长安五月秀，塞上邀朋游。
龙脉唯大美，植园竞风流。
馆区花写意，圃苑径通幽。
林密人烟少，山深涧水柔。
起兵传土岭，开矿在旺沟。
堰塞沧浪静，首阳碧霭浮。
销魂一如去，醉眼几欲留。
润露心气爽，怡情放歌喉。

注：起兵传土岭，开矿在旺沟，堰塞沧浪静，首阳碧霭浮，传说薛刚反唐曾在此起兵，古人曾在旺子沟开矿；堰塞，指汶川地震时形成的堰塞湖；首阳，即首阳峰，秦岭第二主峰，海拔 2719.8 米。

五律·2021东京奥运会女子十米跳台跳水冠军 14 岁全红婵（新韵）

2021 年 9 月 23 日

东瀛追梦去，一跃捧金冠。
神采凌空处，冰姿碧水间。
云霞飞赤县，风雨铸红婵。
童稚情思寄，知恩报椿萱。

五律·岁杪杂感

2021 年 12 月 27 日 星期一

岁末寒风冽，秦川冷色稠。
乌云遮古道，苦雨戏沙鸥。
不复狂飙去，堪怜白发悠。
腊梅饶意切，细柳曲池头。

五律·海口万绿园

2022年3月11日—12日

碧绿染青瞳,闲悠海上风。
椰林涤世念,花树绽晴空。
儿童湖边戏,亭榭草径通。
乐泉承晚照,楼宇画霓虹。

五律·木兰湾远眺

2022年3月11日—12日

木兰一望间,银浪自悠然。
草碧凝诗句,沙白写赋篇。
朝阳燃火炬,灯塔耀云天。
粤海纵犹近,东风万里船。

五律·无 题

2022年6月13日

数瓶香气逸,满室转清新。
修剪何妨累,观瞻自是亲。
相期缘爱女,绽放谢夫人。
捧卷傍花侧,悠然可养神。

五律·悼姚成庆主席

2022 年 8 月 17 日

良师突谢世，品貌复怀深。
北国流凄泪，南山泣素心。
云霞昭往古，玉竹启来今。
格物何相问，瑶台驻诲音。

五律·壬寅立冬

2022 年 11 月 7 日

冬入长安寂，寒随雨意增。
园中观落叶，楼顶望华灯。
品茗闲情至，读书韵意升。
壬寅祈靖疫，纵辔会嘉朋。

五律·神 15 航天乘组与神 14 航天乘组天宫会师

2022 年 11 月 29 日—30 日

丙火推旋翼，啸风起征鸿。
神舟离禹甸，航组入天宫。
对咏仙槎会，相期鹊桥通。
乾坤殊有意，来去步从容。

五律·观卡塔尔世界杯有感

2022 年 11 月 21 日至 12 月 18 日

绿茵燃战火，吹角唤激情。
揽月观虎斗，拂云觅龙争。
追星球曼舞，逐鹿箭飞行。
敦厉国足志，神杯有我名。

五律·壬寅冬至奉友

2022 年 12 月 22 日

冬至洛飞、俊芳送来饺子。

长安年杪近，亚岁沐金阳。
南岭琼英美，庭园蜡蕊香。
温馨冬意暖，平淡友情长。
娇耳盘中笑，东邻半日忙。

五律·随　感

2023 年 1 月 19 日

月月觉相似，年年有不同。
新诗思暖律，旧曲慰衰翁。
却见闲常伴，谁知事半空。
素怀呈画意，皓首唱春风。

五律·立　春

2023年2月4日

寒宵今日去，木正领司轮。

开泰三阳暖，亨通万象新。

山川多梦幻，寰宇少霾尘。

律转惜年短，莺时要倍珍。

注：木正，即春神。

五律·癸卯元宵节次韵张平生会长《元宵望月怀故人》以谢赠诗

2023年2月5日

元夕鱼龙舞，长安美画轮。

繁光星落艳，缛彩月悬新。

灯火黎庶意，笙歌华夏恩。

邀君千百度，曲水饮流樽。

张会长原韵：

元宵望月怀故人

中西同此月，千古共一轮。
亲友常怀旧，春光又日新。
山河苏地气，草木报时恩。
幸的诗心在，邀君举酒樽。

五律·曲池新柳

2023 年 2 月 28 日

雁塔阳和早，曲池柳色新。
摇空条近涘，拂水叶迎春。
嫩脸寒方开，纤腰暖欲伸。
夜来翠华雨，洗却绿绦尘。

五律·富平中华美食街

2013 年 4 月 1 日

沃野绿盈眸，荆塬画意稠。
柳烟浮逸趣，樱雨淡闲愁。
古郡清音远，新坊景色幽。
美食南北味，秦韵占鳌头。

七绝

七绝·杭州桂花开与水泉品茗石屋洞

2011 年 9 月

（一）

烟雨濛濛湿地台，琼枝缀玉满城开。
丹青染就江南色，香透重霄带韵来。

（二）

石洞通幽细雨行，桂花馥郁喜相迎。
芳馨频吐屋中坐，袅袅天香话友情。

注：石洞，石屋洞石窟位于杭州西湖南高峰烟霞岭下，是著名的"烟霞三洞"之一。

七绝·小高兴参加陕西省特长生选拔赛幼儿组英语讲故事获一等奖

2011 年 12 月 31 日

小熊故事乐其中,天籁童音驻西工。
牛犊初生知刻苦,新苗载誉教师功。

注:西工,西北工业大学。选拔赛在该校举行。

七绝·到海口火山口遗址公园

2012 年 1 月 9 日

风云叱咤射苍穹,烈焰一腔地壳中。
惊叹马鞍遗址美,神奇魅力奥无穷。

七绝·西安汉城湖

2012 年 1 月 23 日(大年初一)

长堤烟水步清晨,紫气红灯景色新。
抬望金龙云上跃,晶花汉武喜游人。

安康供电局水上营业厅

2012 年 4 月 13 日

瀛湖两岸放歌声，踏浪劈波汉水行。
电力为民彰特色，轻舟一叶总关情。

九寨七首

2012 年 10 月 31 日

山

天象奇观梦幻连，冰川痕迹雪原妍。
雄浑苍劲襟怀露，熠熠银光水里仙。

注：尕尔纳山、干孜公盖、达戈灵山、沃诺色嫫雪山。

沟

阆风瑶景匿山中，四季霓裳彩不同。
奇幻清幽图画美，五洲宾客叹玲珑。

水

雪峰卧水映天蓝，绿树入池问梦酣。
水酿千姿花浮海，池分五彩木秀潭。

瀑

飞珠溅玉散霞烟，喷雪吐银沸洞天。
薄雾腾云多少韵，起伏跌宕漫沟川。

林

红槭薜蘖窥流丹，黄椴松杉伴瀑宽。
润色霜霞姿逸俊，和风闲看荡金澜。

雾

空悬霄汉醉晴岚，似雪如纱涌岭峦。
梦幻迷离丘壑趣，婀姿舒卷自清欢。

滩

怪石点缀响溪声，古木新枝唱有情。
波荡岚流争艳色，长滩盆景感天成。

七绝·相会鹭城

2014年2月3日

大年初四,与沈冶、唐环夫妇相会三亚记之。

举觞共看天涯树,回梦同牵大漠心。
百感长河流剑韵,可知海角乡情深?

到湖北恩施

214年10月11日—15日

咸丰坪坝营原始生态旅游区鸡公山原始森林

古木杜鹃藤曼绕,腐殖朽树藓苔娇。
忽听坪坝歌声起,律动鸡公碧浪摇。

四洞峡

穿越一峡四洞连,万千姿态九重天,
留花叠瀑迷宫道,剑指苍穹奏凯旋。

树上宾馆

木屋揽翠绿云霄,薄雾轻风梦逍遥。
树上神游谁似我,晴光破晓沐鸟巢。

云龙地缝

二记跨连美裂痕,U型地缝罕乾坤。
瀑飞绝壁割昏晓,石补青天万世恩。

一炷香

群峰傲立一炷香，缭绕轻纱诗几行。
楚律云浮谁孕梦，梵音风送写沧桑。

绝壁长廊

七弯八拐半山高，深谷高峡竞折腰。
身畔轻云心肺荡，风光满眼景多娇。

鞠躬松

低按云潮枝更新，轻扶雨梦始知恩。
俯身还向青峰下，好客土家礼贵宾。

利川腾龙洞

岚烟三洞织芳锦，灵气四峡吐翠华。
破雾腾龙彰爱意，长虹倒汲醉流霞。

伍家台茶

汤就因缘香馥馥，芽舒随意影芊芊，
茶山绿染白云远，御笔伍台赐贡鲜。

女儿会

阿郎歌对清江畔，幺妹情传凤岭间，
风雨桥上同孕梦，波羞倩影意缠绵。

七绝·赠三亚乒乓好友陈勇、韩鹰

2015年2月23日

乒乓情愫率天真，挑打冲拉韵有神。
自信少狂犹爱晚，同耕友趣贺新春。

到泾阳茯茶小镇

2015年10月5日

一湾清水傍石桥，三里商街客似潮。
小镇美食茶特色，农村建设探新招。
风送清香沁客家，韵飘宅院品茯茶。
休闲最是一佳处，寻趣问茗暮色遮。
慢品浮沉物外身，细尝浓淡见情真。
童心不虑流年远，欲上晚晴此际新。

七绝·三亚新居有感

2015年12月26日

今年住进新居，祝华多年夙愿得以实现。

（一）

南国陋室四十平，蓝色风情海韵萌。
对月长街灯火亮，衔云凤岭望霞生。

（二）

匠心独具二层高，天作廊桥降九霄。
吊脚楼台新意境，氤氲紫气聚琼瑶。

（三）

室雅寻幽意自闲，德馨漫品暖心间。
感妻巧手描图画，唱和期颐醉港湾。

七绝·有感纪全主席小东海日出日落照

2016 年 1 月 7 日

水天交响唱椰风，万里霞飞火焰雄。
览海牵云羞倩影，莞尔一笑镜头中。

七绝·有感晓丽同学三亚湾夕照

2016 年 1 月 7 日

（一）

一湾霞蔚水天和，七彩妆成舞碧波。
俯仰乾坤生梦幻，椰风猎猎化长歌。

（二）

巧织霞锦汗水磨，喜按云潮任风搓。
金乌椰影镜头里，呼唤涛声感慨多。

七绝·怀念克兴老处长

2016 年 5 月 5 日

塞上传薪燃火树，文坛倾力唱光明。
悲看翁去诗章在，意义人生电奏鸣。

七绝·写在玉钧大哥生日

2016 年 7 月 10 日

绮怀天地诵升平，感旧春秋不了情。
斜日豪风人未老，小花放韵唱心声。

七绝·中国发射世界第一颗"墨子号"量子卫星

2016 年 8 月 16 日

追寻通信安全梦，量子纠缠探有型。
借得乾坤嘲闹鬼，巡天遥看第一星。

七绝·纪念红军长征胜利 80 周年

2016 年 10 月 21 日

长征胜利八十年，万里红流写巨篇。
困苦何能夺坚赤，心中理想高于天。

跋山涉水万千重，迷雾茫茫驭朔风。
胜利全凭党指引，中流砥柱九州雄。

半床被子见情长，敬地尊天浩气扬。
载覆于舟黎庶水，人民永远是爹娘。

千秋伟业传薪火，双百艰难玉汝成。
漫道雄关开浩宇，扬帆斩浪唱新声。

史诗壮丽启新元，革命精神代代传。
纵有高山深壑阻，初心不忘永朝前。

注：半床被子，1934 年 11 月上旬，红军长征时期，在湖南汝城县沙洲村，三名女红军借宿徐解秀老人家中，临走时，把自己仅有的一床被子剪下一半留给老人。

望梅三吟

2016 年 12 月 31 日

　　泛美花园一树腊梅昂首怒放,金灿灿的,告别 2016 年,拥抱 2017 年。

　　　　清晖淡淡浴枝条,疏影横斜望气豪。
　　　　柔骨谁怜情最笃,花君亲赐黄绨袍。

　　　　金妆玉立雪中娇,花绽枝头俏碧霄。
　　　　不待蜂蝶摇爱意,耐得寒苦报春朝。

　　　　枝悬玉蕊暗香飘,独对朔风唱寂寥。
　　　　一片冰心腾广宇,吟哦云外放声高。

七绝·元旦随笔

2017 年 1 月 1 日

去岁红棉鹿岛晨,小楼把酒览芳新。
今年霾雾长安晚,曲径访梅叹染尘。

福瑞红花正可人,品茗陋室美文新。
曲江火树同逐梦,研墨书斋好句陈。

莲花餐饮老为尊,多是青蔬特色新。
乐享天伦何惬意,东风拂面酒三巡。

花团锦簇乐都茵,金色大厅气象新。
多瑙河边经典曲,直播盛况又一春。

腊八节

2017年1月5日（农历十二月初八）

泡蒜喝粥吃豆面，喜过腊八唤鸡年。
祭神祈祖思萱草，巧遇小寒化雨烟。

海南保亭七仙岭一瞥

2017年1月8日

史海宁夫妇邀我们到保亭七仙岭。

轻车引路保亭行，绿树清溪入眼明。
古韵和坊遥盏意，椰林蕉竹响泉声。

云缠玉带远峰峥，雾绕轻纱紫气盈。
烟笼楼台斜细雨，不知仙子可含情？

到抱坡村

2017 年 3 月 2 日

今日,邀请在三亚为邻的周老师、郑老师夫妇,钱老师、李老师夫妇,姚老师,李老师到我弟租住的抱坡村农家一聚。

一路春风鸡蛋花,椰林蕉树水田嘉。
楼房栉比接连起,首富村民是哪家?

房前酸角影婆娑,屋侧芭蕉挂果多。
青菜一畦亲手种,新家两舍唱农歌。

拼起方桌老为尊,黄鱼饺子菜蔬纯。
频留倩影欢声里,鏊耄怡情话鹿村。

春到抱坡草木香,田间生菜灿琳琅。
地头喜作"帮工嫂",红绿蓝黄舞艳阳。

注:鹿村,鹿回头村。抱坡,抱坡村。
帮工嫂,祝华、育利、玉琴等帮菜农搬菜。

七绝·乡村偶感

2017 年 3 月 11 日

乡间小径晚弥香,水畔蛙声入韵长。
农户田头挥汗雨,一轮明月送新凉。

七绝·写给高山

2017 年 3 月 29 日

湖畔林间几度闻,镜头舞墨影缤纷。
丹心凤城争颜色,灿烂平添赖有君。

注:高山、杜万治。宁夏党校学习时我们一组组长,时任西北轴承厂党委书记,后到自治区纪委任监察专员。年逾古稀,爱好摄影,用镜头为凤城增辉添色,仍奔波不停。

七绝·黎族、苗族三月三（四首）

2017 年 3 月 30 日（丁酉农历三月三）

琼州风物最宜诗，三月黎苗韵更奇。
米酒山兰竹筒饭，对歌跳舞月初时。

天涯蕴梦苦追寻，祭祀先宗表寸心。
娘母洞前思晟迹，鼓歌如诉意悠深。

橡林新曲已陶然，竽竹声声奏管弦。
腰带耳玲篝火旺，俄贤岭上共婵娟。

青山秀水写韶光，文化黎苗古韵长。
特色传承留底蕴，鼎新革故有担当。

七绝·感皓程、云舒雨游漓江

2017 年 3 月 31 日

冒雨漓江且莫嫌，却缘景色雨中添。
如纱薄雾神仙侣，泼墨倾怀入画笺。

七绝·皓程、云舒夫妇从北京到西安，小潘从银川到西安

2017年9月3日—15日

到法门寺

法门雨霁爽真添，拂面香风埃不沾。
冷眼浮沉心沐浴，相从与愿喜眉尖。

白鹿原上白鹿仓

驱车白鹿仰文豪，原上民街羁客褒。
独木亭前唯雅致，登阁望母孝心高。

注：文豪，指陈忠实老师。

秋色玲珑洒鹿仓，小街美味口留香。
才食溪水饸饹饭，又把合阳踅面尝。

大唐西市

迎面楼船亦动情，犹闻隋唐贾商声。
丝绸之路长安始，串串驼铃万里程。

注：楼船，指大唐西市东门处陈列的隋使船。

文帝和琴歌巧构，明皇泼墨点新闳。
重修西市兴唐韵，贾客游人梦里行。

注：文帝，隋文帝杨坚。明皇，唐玄宗李隆基。梦，取梦回大唐意。

唐大明宫遗址

大明宫址叹唏嘘，阅尽沧桑日式微。
盛世重开新画面，霞飞龙首梦依依。

西安钟楼

摩天金顶傲苍穹，王气千年势若虹。
揽月飞檐承岁首，景云钟响引东风。

西安汉城湖公园

漕运明渠览霸城，叠翠回澜水车萌。
禅封四阙酬宏志，天汉雄风盛世名。

溢彩七区看不全，一湖映澈汉时天。
含情水镇争秋画，着意风阁慰大千。

陕西老碗面

直径当拿尺子量，关中臊面老碗装。
此时惬趣咥声起，尽扫六合酸辣香。

西安大兴善寺

密教祖庭兴善寺，千年译场鼎新中。
祈福灌顶腾祥霭，金殿巍峨惠法风。

七绝·有 感

2017 年 10 月 3 日

史记韩城古有名,风追司马雨中行。
龙门古渡烟云罩,怎叫人文永纵横?

七绝·大唐不夜城有感

2017 年 10 月 5 日（农历八月十六日）

画眼唐城奏雅琴,诗心桂月渐成吟。
夭夭灯火斑斓影,点翠流丹韵更深。

七绝·电视观钱江潮

2017 年 10 月 7 日（农历八月十八日）

东南鸟瞰线交连,万马奔腾势向前。
惊悚潮头拍岸起,银涛怒返浪冲天。

有感·写在西安交大同学敬滨夫妇到西安

2017 年 10 月 13 日

（一）

青涩年华成旧韵，也曾望断大岭巅。
当年倩影弦歌在，相会长安绮梦还。

（二）

霜华满鬓记初衷，牵手当年唱大风。
心事于今山水愿，抒怀幽境乐其中。

七绝·祝华生日有感

2017 年 10 月 15 日

驹隙光阴下寿年，冰魂如玉共婵娟。
情深尽在寻常处，相系同心华岳巅。

七绝·十九大胜利召开有感

2017 年 10 月 19 日

（一）

绘就蓝图赤县天，气冲寰宇斗牛间。
心连百姓添福祉，决胜双标再向前。

（二）

玉宇澄清扫暮烟，心头炽热自扬鞭。
老枝盛世发新绿，击水人生五百年。

注：双标，指两个一百年的奋斗目标。

西安乘机飞三亚偶感

2018 年 1 月 7 日

轻驾长风云海阔，襟眉尽展仰天流。
六出鼓韵抒情雅，三亚和声去绽愁。

福瑞国际小区新年活动掠影

2018 年 2 月 6 日

模特秀

清姿楚楚青春步，云锦翩翩精气神。
摆臂提膝千百次，忘年为做俏佳人。

太极拳

连贯圆活自在强，刚柔相济惠流长。
放飞白鹤摇清影，怀抱琵琶喊太阳。

水兵舞

淑气催开海浪花，英姿飒爽舞天涯。
一身迷彩童心美，六步摇波唱晚霞。

小乐队

怡情静谧水云行，衔趣激昂战马鸣。
弹奏吹拉说默契，抑扬顿挫起和声。

组织者

心火点亮满天霞，辛劳倾情为大家。
人各东西南北秀，调声绘色润琼花。

摄影者

英姿婀娜醉斜阳，倩影芳菲网上翔。
掀动快门留晚景，乐把瞬间永珍藏。

健身操

心随韵律已翩跹，活力飞扬二月天。
莫道流光华皓至，青春舞动意欣然。

合唱团

铿锵有力北国风，男女音区韵未穷。
携手初心依旧在，歌喉舒展唱和融。

少儿表演

各似花儿灿鹿城，书吟说唱籁童声。
吐香唐宋千家韵，绽蕊天涯双鼓鸣。

书画情

竹报平安响籁声，龙呈如意送真情。
墨花开处迎新曲，早把清香漫鹿城。

舞之韵

披红挂绿舞天宽，挥扇迎风绕步欢。
旋转长裙华韵美，夕阳妩媚惹人观。

福瑞春晚

梦想腾飞候鸟歌，激情燃起舞婆娑。
缤纷异彩今宵夜，欢乐小区喜事多。

祝福语

鹿岛花红入眼新，椰风海韵喜迎春。
欢歌华夏鸿猷展，如意吉祥贺友宾。

七绝·木棉花

2018年2月16日

飞红绽蕊远尘嚣，款款迎风满树娇。
椰岛风光多色彩，东君芳信屡相邀。

七绝·三亚凤凰岛

2018年2月17日（农历戊戌年正月初二）

凤凰岛上韵方遒，携侣邀朋到此游。
曲岸清澜云远去，虹桥夕照碧添柔。

酒醉三分意更浓，情深一片皆杯中。
欲舒雅兴留清影，待唱前缘啸远风。

椰林遮岸小凉风，海上金乌似火红。
纵目情催诗境阔，心飞大漠念初衷。

七绝·我家的百合花开了

2018年2月24日

火焰红棉未尽凋,屋中番韭正含苞。
相约今夜还羞怯,晨旭迎风几朵娇。

注:番韭,即百合花。

七绝·祝华练古筝

2018年2月25日

晚成无碍得音妙,优雅长嗟解韵迟。
惟把真情随意咏,晨练午研夜思之。

七绝·贺福瑞公馆小区秧歌舞参加三亚市"迎新杯"体育下乡活动广场舞展演凯旋

2018年2月27日

全民体育诵新章,福瑞秧歌舞下乡。
苗寨黎村燃圣火,迎新杯赛美夕阳。

七绝·三亚凤凰水郡红树湾五家过元宵节

2018年3月2日

凤凰水郡绽春光,满目葱茏淡淡香。
雅舍温馨迎客到,元宵故友聚一堂。

谈今论古话家常,不忘初心共举觞。
还记当年慷慨曲,豪情万丈卷平冈。

故事新说趣尚浓,寿沾福祉慰海风。
童心华发襟怀畅,友情明月玉盏中。

七绝·有 感

2018年3月3日

穹高一片云中鹤,酒醉三分雾里花。
多少沧桑寰宇外,余晖遍地满天霞。

七律·海棠湾水稻国家公园

2018年3月8日

淡抹轻妆俏丽人，寻芳最爱海棠春。
逢缘喜沐花间雨，早把清香染满身。

衔趣禾苗两样妆，怡情园陌稻花香。
隆平育种多新意，只为农田盛产粮。

七绝·贺福瑞公馆三八妇女节联欢会

2018年3月8日

两会鸿开喜气盈，三八欢庆伴和声。
含芳福瑞巾帼灿，梦想放飞唱晚晴。

七绝·祝华与友小凤、丰华、支宁、玉贞、秋英到海棠湾。

2018年3月18日

得沐东风俏女神,轻妆淡抹恰均匀。
龙抬头日追春步,早把花香染满身。

免税城中自在徉,摩肩接踵话琳琅。
花裙旋转天真趣,留住青春试靓装。

风光满眼海湾佳,碧浪怡情六朵花。
云锦红妆千百媚,娇姿婀娜舞天涯。

凝光水色绽心花,海韵椰风爽意加。
坐拥一方清世界,欢声笑语饮流霞。

七绝·兰得葡萄酒

2018年3月18日

兰山东麓葡萄城,得沐天风今有名。
美酿琼浆琥珀色,酒香逐梦总牵情。

七绝·即兴亚龙湾海滩

2018年3月21日

卧看白云与海平，游人戏浪踏沙行。
且将逸兴存高远，闭目椰风送籁声。

七绝·福瑞四家邻居相聚"厨嫂当家"有感

2018年3月24日

"三嫂"飞歌赞鹿城，四邻举酒喜相逢。
眼存南北风光色，胸有东西候鸟情。

朋侪唱和韵相融，揽尽芳菲火焰红。
焉可羁身心志锁，一方天地纳时风。

注：三嫂，厨嫂当家餐厅一雅间名称。

七绝·诗词大会（第三季）有感

2018 年 3 月 27 日

传承经典起诗坛，水纵山横势正酣。
几度弦歌登顶唱，风骚谁领胜于蓝。

谪仙绝句律韵长，流水高山诵诗乡。
愧是胸中词句少，轻吟不敢上庭堂。

七绝·祝华与友从西沙归来

2018 年 3 月 31 日

3 月 27—30 日祝华与宁夏诸友（小凤、小英、丰华、玉贞、支宁及陈峰、郝平英夫妇，霍锋山夫妇，西安的老王夫妇）从三亚凤凰岛乘"南海之梦"号邮轮到西沙群岛的鸭公岛、银屿岛、全富岛一游，十分开心，感慨多多。

凤凰迎客海飞花，漫夜将阑望早霞。
总想诗心云远去，于今感慨到西沙。

情寄苍茫云水间，心随鸥影向深蓝。
疏狂只为红旗舞，劲射天狼大海南。

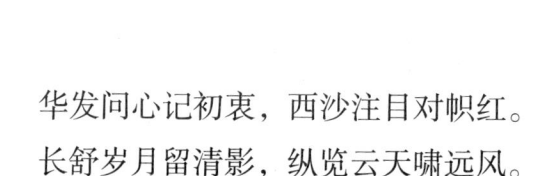

华发问心记初衷，西沙注目对帜红。
长舒岁月留清影，纵览云天啸远风。

"鸭公""银屿"自澄岚，瑚岛"全富"未深谙。
红纱风荡千顷海，呐喊一声正情酣。

"鸡舞鹰飞"左右忙，逃身摇翅自疏狂。
西沙谐趣追春步，海角童心喊太阳。

银滩碧水画屏中，叆叇重云似火红。
浪漫西沙邀远客，温馨南海纳罡风。

炫彩堪当海角春，重情最是凤城人。
胸襟一展云天阔，美丽西沙壮我魂。

云岚捧日浪滔滔，灿烂明珠晓梦摇。
再鼓征帆当未远，且听南海涌新潮。

注：鸡舞鹰飞，指老鹰抓小鸡游戏。

七绝·乘轮渡过琼州海峡

雪浪白云入碧空，笛添韵味落霞红。
对饮波花心犹爽，久立船头沐海风。

七绝·桂林旅途写给祝华

2018 年 4 月 26 日

谁将噩梦布一肩，叠嶂犹怜夜可眠？
千里驱驰凝意重，清风借助自怡然。

注：祝华在桂林用藏药帖引发过敏，肩部皮肤溃肿厉害。但她顾及大家，一直坚持。

七绝·一日游集锦四首

2018年5月4日—11日

亚特兰蒂斯酒店

蓝帆拥抱海棠湾，玉影霓光画宇寰。
情逸追风浮瑞象，心随入韵览新颜。

大东海有感

波涛涌过浪推舟，碧海蓝天羁客稠。
飞越闲情挥寂寞，夕阳不共少年愁。

远望五指山

重峦叠嶂翠含烟，云浮峻岭五指悬。
群峰尽绕说故事，薄雾低垂诵诗篇。

海南人赞

雨霁毛桥气象新，车悬沟畔正伤神。
拔刀相助和谐曲，点赞文明海岛人。

注：去五指山的路上，车到毛岸镇一桥时不慎前轮滑落路边沟中，一群素不相识的海南人主动帮我们将车抬了出来，我们问其姓名时，他们说，记住我们是海南人就行了。其情节着实感人。海南三亚《商报》报道了此事。

约会呼伦贝尔

2018 年 7 月 19 日—27 日

有 感

一望无垠草色青，婆娑云朵碧空行。
呼伦七月风光好，长引相思卧翠坪。

海拉尔西山森林公园

樟子沙埠雁腹中，波飞绿涌万千重。
开心最是聆清乐，结伴西山览古松。

宁夏之邀

2018 年 8 月 14 日—24 日

银 川

西夏王陵

山麓几曾花绚烂，长空时见雁飞还。
千秋孑影残阳血，晴雪贺兰翠柏寒。

镇北堡影视城

引领兰山望大洋，敞开怀抱纳荒凉。
彩虹巧构圆绮梦，走向五洲淡淡妆。

贺兰山麓葡萄酒庄园

庄园凝碧比娇柔,一卷蓝图共运筹。
生态养涵开远陌,采挹清芬竞风流。

七绝·有 感

2018 年 8 月 24 日

邀来大岭清馨意,醉暖长河淌韵花。
手捧冰心滋绿野,霜催白发灿芳霞。

注:大岭,此处指大兴安岭,寓东北黑龙江。

七绝·青 岛

2018 年 9 月 10 日—21 日

上合会议会址

海边幽静近繁华,主旨传声云水涯。
共济同舟担道义,琴岛情洒满天霞。

参观黄岛充换电站

数年环保立潮头,站换车充亮眼眸。
电网智能同筑梦,科学引领竞风流。

七绝·中国农民丰收节

2018年9月23日

农民节日定秋分，五谷丰登赞艰辛。
固本壮基华夏庆，盘古开天第一春。

七绝·铜川玉华宫三首

2018年10月4日

初秋始到玉华宫，花海云岚拥翠峰。
昔日唐皇消暑地，飞白续释探遗踪。

废宫为寺释佛经，法雨东陲注大成，
四载艰辛圆夙愿，玄奘不枉苦西行。

石窟遗构浩歌留，壑谷"三宫"逸兴稠。
杜甫泪盈成往事，玉华云雾阅千秋。

七绝·小孙、小马夫妇从抚顺到西安

2018 年 10 月 7 日—8 日

西安南门（永宁门）

永宁绕翠揽清秋，天籁泉喷映箭楼。
唐韵秦风如梦幻，沧桑突兀更雄幽。

参观兵马俑博物馆

地下军团亮眼眸，金戈铁马列平畴。
面颜无改待擂鼓，麟趾塬中震五洲。

驾车跪射面从容，寂寞将军忆旧踪。
袖手悠闲秦汉俑，二千年后喜相逢。

七绝·郑国渠

2018 年 10 月 26 日

引泾无坝郑国功，壑谷山峰巧纵横。
泽被关中资灌溉，天府之地九州名。

七绝·西安国际马拉松赛二首

2018 年 10 月 20 日

大岭飞红号角鸣，长安奔跑涌潮声。
凝心聚力圆绮梦，盛宴馔尝未了情。

马拉松赛弄潮头，一路秋光画意稠。
健体强身同快乐，青春舞动竞风流。

七绝·港珠澳大桥通车

2018 年 10 月 24 日

一桥飞驾越伶仃，港珠澳连气宇宏。
碧水长龙悬玉影，文公挥笔泪晶莹。

七绝·卫星嫦娥四号升空

2018 年 12 月 10 日

嫦娥四号上云端，探测月球眼界宽。
约定广寒黄昏后，专问吴刚玉兔安。

三亚西岛印象

2019 年 1 月 13 日

风光旖旎海天间，水阔潮平醉湛蓝。
今枕涛声听古韵，昔扬剑气拥晴岚。

三亚西岛牛王岛

2019 年 1 月 13 日

金牛望海放歌飞，一线水天揽碧晖。
鹿角龟石云弄影，轻车载梦不思归。

西岛海上书屋

2019 年 1 月 13 日

清风揽页满庭芳，碧水渔船大雅堂。
望海抒怀情润梦，红日手擎阅华章。

七绝·赞书法培训班孙老师

2019年1月29日

精神矍铄赞孙翁,书法教学廿夏冬。
柳赵欧颜今古阅,挥毫落纸走惊龙。

七绝·过小年

2019年1月28日

应小孙和马老师邀请,到棕榈滩小区其家过小年。

腊月廿三送玉霄,春拂棕榈喜眉梢。
蔬果海鲜新醅酒,怡情缕缕邂逅交。

乐东九所过年

2019年2月3日—8日

应平英、陈峰夫妇邀请祝华和我及英宝夫妇到其家龙栖湾温泉一号过年。

一夜春风己亥年，闲情挖雅笑如癫。
群芳犹作含苞态，韵在龙湾意象鲜。

七绝·己亥初五

2019年2月9日

小孙、马老师来家吃饺子过初五，带来玫瑰花卷，如同艺术品。

鞭炮声声曙色新，鲅鱼饺子聚嘉宾。
玫瑰花卷添诗韵，华夏接福五路神。

儋州白马井过正月十五

2019年2月16日—21日

应光辉、小云夫妇邀请我和祝华到海花岛过元宵节。

龙门激浪

击岩擂鼓吼山崖，鱼跃龙腾起浪花。
嶙峋礁石婀娜影，旖旎门洞日边斜。

海花一瞥

环岸新椰婀娜姿，琼楼别墅落参差。
凌波花蕾刚出水，化雨春风正应时。

海花波涌水一方，灯火千家夜未央。
明月清风今古唱，通幽曲径韵流长。

途中雨过见虹

适逢雨霁日拂纱，白马祥霓吻浪花。
万象奇观臻妙景，长桥并卧在天涯。

七绝·长相思

2019 年 3 月 8 日（己亥二月初二）

母亲离开我们十五年了，父亲离开我们也十年了。

望断云天仰母颜，黯然二月泪常含。
夜思懿范兰山北，朝沐春晖鹿岛南。

七绝·无　题

2019 年 3 月 16 日

小阁霞染满清风，棕榈石桌寄笑容。
素纸墨香寻雅趣，阑珊睡意养疏慵。

七绝·太湖夕照

2021 年 5 月 10 日

霞染粼光潋滟平，太湖夕照动诗情。
山映斜阳天连水，一叶渔舟韵致生。

七绝·到东山

古镇含馨迎旧故，莫厘载梦泼清新。
揽云一缕斜阳染，湖畔聆风塞上人。

七绝·咏东山白玉枇杷

（一）

一树玲珑百簇金，骄阳五月色尤深。
山边湖畔摇华影，独领风骚碧玉心。

（二）

沐雪经霜玉碾冰，晶莹剔透冠芳名。
皮薄肉细甘甜任，浴齿琼汁爽气生。

七绝·题祝华呼伦贝尔大草原照

2019年8月7日（己亥年7月7日）

摇曳心花万里眸，呼伦贝尔数风流。
白云碧野昂然我，阅尽长天任尔游。

七绝·杨庄踏青二首

2020 年 4 月 12 日

已是莺飞四月天,菜花麦子漫坡连。
晴光绿水南山影,数亩方塘农舍烟。

结伴田园近土香,催耕布谷唤春阳。
肥鱼笑看随杆起,疏影东篱兴未央。

白鹿原种菜随感

2020 年 5 月 20 日

(一)

节交立夏喜桑麻,结伴相随始种瓜。
白鹿原租田两垄,陶情冶性做农家。

(二)

声声布谷地头花,披襟挥汗日渐斜。
一抹清凉香漫野,嫩黄破土是新芽。

七绝·夏至二首

2020 年 6 月 21 日

昼暑云极夏九来，交相节气暑徘徊。
蝉鸣蛙跃擎阳盖，鹿角生茸木槿开。

两垄藤秧绿正酣，萋萋白鹿涌晴岚。
相邀夏至为农客，别样风情意韵含。

注：白鹿，白鹿原。

七绝·杜邑公园秦砖汉瓦博物馆

2020 年 10 月 31 日

杜园何止叶金黄，汉瓦秦砖馆里藏。
灰土万斛腾紫气，华宫千载耀八荒。

读司主席《微园吟草依韵奉和（藏头）诗》

2020 年 12 月 21 日

巧铺时令赋新篇，津沪三秦雅韵连。
河海吟怀追妙境，微园咏志奏心弦。

元旦有感

2021 年 1 月 1 日

柳眼惺忪向日偎，莺歌渐醒待舒眉。
护花尚有春怀抱，雪霁寒开雨欲归。

七绝·蟹爪莲

2021 年 1 月 20 日

殷红流瀑舞丹霞，岁岁新妆竞物华。
窗外小园冬减翠，妖娆陋室蟹莲花。

姑苏行

2021年5月10日—21日长安、莲英、洛飞、俊芳、凤林、祝华六人到苏州休闲游，住在东山周湾湖畔聆风（民宿）。

周湾夏初

袅娜波映醉流霞，做客周湾景趣嘉。
金色一山香四溢，吴侬软语唱枇杷。

雕花楼

珠楼绮户美雕花，别致玲珑众口夸。
屋院堂阁开画卷，江南民舍第一家。

注：雕花，即雕花楼，曾名春在园。

金庭（西山）石公山

青螺伏水美天成，鬼斧石公古有名。
翠璧丹梯留胜迹，同辉日月一湖明。

金庭（西山）明月湾

湾如钩月冠村名，百代香樟誉洞庭。
石板街闻西子笑，太湖岸畔写丹青。

七绝·双星袁隆平、吴孟超

2021 年 5 月 22 日

夕阳落处忆韶光,稼穑多年君最忙。
陌上"农夫"挥汗雨,田头禾稻筑国仓。

济世悬壶唱晚晴,回春妙手写一生。
老来更显青青色,肝胆仁心愈透明。

七绝·登西安城墙

2021 年 5 月 26 日—30 日王平夫妇自银川来西安。

百雉崇墉颂世昌,陶埙声婉忆沧桑。
城头漫赏长安韵,俯仰乾坤兴未央。

七绝·写在高兴 15 岁

2021 年 5 月 29 日

广阔无垠海地天，鸟飞鱼跃任期间。
而今插上金鹏翅，呼啸河山向宇寰。

七绝·贺神舟十二号载人飞船发射圆满成功（三名宇航员聂海胜、刘伯明、汤洪波）

2021 年 6 月 17 日

（一）

追风逐日一冲霄，信步天衢竟折腰。
华夏三杰呈凤翥，太空站内乐逍遥。

（二）

遥调校正喜开颜，交会相接契洽间。
入住"天和"舱外走，三英勇吒拓荒蛮。

七绝·宁夏行

2021年6月25日—7月3日洛飞、俊芳、祝华、凤林到宁夏,受到王平夫妇及凤民、永忠、建芳和宁夏朋友们的热情接待。

葡萄酒庄

晶莹剔透醉流霞,东麓葡萄景漫夸。
更有云浆香四溢,随风飘入万人家。

贺兰山岩画

贺兰沟口自然凉,毓秀钟灵幻蜃光。
远古胚浑抬望眼,风追岩画记沧桑。

银川韩美林艺术馆

缘起兰山美珞璎,隔空对话响金声。
人之根本今读懂,色彩天合神鬼惊。

须弥佛光

石窟天象现佛光,崖畔菩提兆瑞祥。
自古须弥灵气在,神州福佑永流长。

红崖村四岁童指路

村舍连绵近百家,通幽曲径醉流霞。
幼童四岁关中语,小手遥指老巷花。

藏兵洞

马隐云沙控浩茫,兵储山洞射天狼。
悲歌抚剑胡虏灭,残月如钩百感伤。

赠宁夏朋友

往事钩沉忆旧时,兰山渭水有芳枝。
人生紧要情怀在,长路如歌好品诗。

七绝·庆祝建党100周年

2021年7月23日

红船劈波浪滔天,百载光辉耀宇寰。
心为黎民昭日月,一腔热血铸江山。

七绝·送光辉夫妇赴美探亲

2021年10月2日

弦歌一路伴君行，红叶染匀泛美情。
火树长安花解语，盘盘水饺唱和声。

七绝·悼苏志强主任

2021年10月4日

塞上识君话认真，基层深入晓民心。
而今不幸离人世，渭水南山驻笑音。

七绝·重　阳

2021年10月14日

中秋过后又重阳，佩插茱萸更举觞。
今日登高无限意，漫展山川写疏狂。

七绝·庆贺翟志刚、王亚平成功出舱

2021年11月7日

（一）

志存高远灿星光，再赴瑶台数志刚。
为叫天宫春色美，扶摇银汉傲穹苍。

（二）

芳姿倩影写峥嵘，凝梦银河赞亚平。
漫步摘星传话语，航天第一女琼英。

七绝·病友情

2021年12月2日

话语投机病做缘，心无愁绪自安然。
医生半个直须问，春意引来暖朔天。

七绝·冬至司主席赐诗原韵奉和

2021 年 12 月 25 日

瑞雪庭前一树梅，珠苞枝上作花魁。
津门千里诗意暖，合向瑶台唤春回。

司主席《国仓》冬至寄友

犹似同行赏腊梅，凌风傲骨雪中魁。
天长路远人康健，冬至阳生春又回。

《辛丑冬至》

七绝·张平生社长赠元旦诗原韵奉和

2022 年 1 月 1 日　星期六

喜鹊登梅曙色明，一元复始虎来迎。
云鬓震撼春潮涌，呼啸山林九宇行。

张平生社长原玉：

元日彤彤福照明，山河焕彩旭晖迎。
新程满载安康梦，一驭东风万里行。

海南乐东

2022 年 2—3 月

九所镇

红花灿烂一山村,椰树葱茏九所新。
万里飞鸿情谊暖,乡心舞动北方人。

龙沐湾日落

万顷红霞送晚晴,一湾倩影溢欢声。
白帆竞向霓深处,绕日群鸥抱浪鸣。

莺歌海盐场

辟路滩涂岂等闲,丹心彪炳宇寰间。
烧干海水银山耸,踏浪莺歌奋斗篇。

黄流镇

始祖关雎衍黄流,浩歌浴火韵不休。
风怀一脉同播雅,新奏玉箫唱九州。

澄迈西海岸远眺（盈滨半岛）

2022 年 3 月 13 日

银浪沙滩眼底收，白帆鸥影画中游。
双湾枕日云生色，天籁风扬醉海楼。

琼海南强村

2022 年 3 月 15 日

曲巷平桥箭瓦房，椰林花海美南强。
村头那口清时井，泽润博鳌第一乡。

琼海琼崖武装总暴动中的嘉积镇椰子寨战斗

2022 年 3 月 15 日

万泉河岸旧沙场，浴血琼崖第一枪。
孤岛椰林吹号角，二十三载赤旗扬。

七绝·绿萝（写在父亲节）

2022年6月19日

悠然自在亦婆娑，魂傍芝兰漾绿波。
缱绻叶偎三分韵，舒襟茎挺一曲歌。

七绝 和邵总"题仙人球花贺父亲节"

2022年6月19日

何叹芸窗春意迟，最怜火焰著花时。
擎天妙笔薰如梦，针棘柔情六月知。

注：火焰，仙人球花的别称。

邵总原玉：
  针棘休嫌春意迟，东风总有著花时。
  粲然未必千金价，心底柔情只自知。

七绝·观电视剧《一代名相陈廷敬》

2022 年 9 月 28 日

尘滓胸无萦毅魄，黎元心有蕴深情。
何人击楫效先古，迤逦长河摇艳英。

七绝·忆青铜峡水电厂洪生师傅

2022 年 9 月 29 日

洪生师傅去世多年，但时常想起他。

笑貌长存魂梦里，师恩永志我心间。
依依常向青峡语，情寄长河共一潸。

七绝·赞中国女篮

2022 年 10 月 1 日

无畏金兰披彩虹，悉尼亮剑敢争雄。
二十八载天狼射，奥运时节唱大风。

七绝·赞中国乒乓小将56届世乒团体锦标赛（蓉城）夺冠

2022年10月8日—9日

旋舞流星八尺台，宝锋磨砺剑光开。
蓉城共济峥嵘路，点赞帅男靓女孩。

注：乒乓小将男队：马龙、樊振东、王楚钦、林高远、梁靖崑；教练：秦志戬。

女队：陈梦、孙颖莎、王曼昱、王艺迪、陈幸同。教练：李隼。

七绝·咏杨震

2022年10月13日

关西孔子史流芳，怒怼宦权撰奏章。
独慎感恩辞暮夜，潼亭仰止四知堂。

寄　语

2022 年 10 月 15 日（今天是祝华生日）

紫气东来泛美家，凤携祥瑞献金花。
而今把定春风笑，飞雪青丝共品茶。

七绝·听陆树铭《一壶老酒》有感

2022 年 11 月 3 日

饰演关公好有神，《一壶老酒》念娘亲。
梦断长安深情在，渭水滔滔送故人。

冬奥会抒怀

22 年 2 月 17 日

冬奥会首金

龙跃五州掣电光，凤鸣九域勇争强。
斗牛踏破蟾宫去，绮燕冰丝美誉扬。

注：首金运动员：范可新、曲春雨、武大靖、任子威、张雨婷。

谷爱凌

高台滑转自从容,吐艳凌花虎气浓。
一跃广寒轻折桂,天骄傲雪玉蛟龙。

苏翊鸣

一啸冲天雪域惊,高空技演赞翊鸣。
瑶台触手云间舞,小将娇姿百转成。

徐梦桃

梦在凌云起落间,娇姿婉转几回环。
摘得一钩燕岭月,四届冰心到广寒。

齐广璞

争春逐梦领龙头,腾跃凌空第一流。
老骥果然心不矣,返璞归真誉环球。

高亭宇

掠影追光一旋风,冰丝带上傲苍穹。
鳌头独占轻姿妙,圆梦五环圣火红。

任子威

二度金墩任子威,冰丝带上快如飞。
乾坤成像龙图载,璀璨晶莹五彩盔。

隋文静　韩聪

瑶池起舞绽芳华，鸾凤齐鸣灿朝霞。
一对天骄勇摘桂，洁如白璧美无瑕。

七绝·"感觉良好"宇航组翟志刚、王亚平、叶光富安全返回地球

2022 年 4 月 16 日

筑梦重霄半载多，巡天遥看一千河。
摘星折柳瑶宫去，云路纵横再放歌。

七绝·喜闻科考队登顶珠峰

2022 年 5 月 4 日

屋脊建站傲苍穹，勇士十三唱大风。
世界极巅藏奥秘，量天测雪乐无穷。

注：建站，指在珠峰顶建立自动气象站。

七绝·祝华种韭

2022 年 6 月 16 日

向晚楼台忙不停，施肥浇水剪根形。
几箱老韭新栽后，一夜舒发寸许青。

七绝·读放瑞《金秋拾韵》

2022 年 9 月 12 日　星期一

读汝屏间几许诗，疏狂不减少年时。
奋蹄老骥拾新梦，萦抱冰心唤邈思。

剪律裁音涉远程，长安金桂唱秋声。
韶华了却凝成韵，仄仄平平总是情。

七绝·壬寅秋四首

2022 年 10 月 5 日

赏 菊

秋风萧瑟雨如丝，正是长安赏菊时。
白发多情闲把酒，繁英寂寂满东篱。

登 高

重九鸽铃绕古城，登高望远自伤情。
浮云遮尽山水色，手引朝霞唤风生。

怀 人

金英重见路难行，万里长天雁一声。
惆怅几多云边落，秋风散入不了情。

秋 韵

狂歌五柳举琼觞，时菊悠然写意长。
唯有天香酬秋色，一枝金桂唱斜阳。

元旦迎春暨电视观看维也纳新年音乐会

2023年1月1日

春阳律动正当时，几点新黄俏丽姿。
更有铿锵云际起，奏响东风第一枝。

迎 春

2023年1月18日

序转乾坤紫气同，大街小巷释冰融。
众里迎君知何处，春在千家万户中。

大寒有感

2023年1月20日

寒梅枝上吐清新，瑞雪庭前扫疠尘。
行看曲池花柳动，蟾宫玉兔唤阳春。

七绝·泛美花园玉兰花（二首）

2023 年 3 月 12 日

（一）

云裳轻解绽春华，玉树亭亭唱晚霞。
香透帘栊留醉意，影摇庭月上窗纱。

（二）

素娥千队下瑶台，点破玲珑一树开。
芬馥高花白于雪，犹惜昨夜朔风来。

七律

七律·曲江迎张磊，送向红、新建

2011年3月27日

鳞波频共霓虹闪，碧瓦飞甍倒影妍。
横槊放歌情感动，挥鞭逐鹿志弥坚。
觞流曲水说余意，舫泛南湖诉有缘。
敢领风骚心境沸，春雷漫震地天巅。

七律·踏青到农家

2011年4月4日

终南三月杏开花，老树新枝绽嫩芽。
鱼跃塘中生钓趣，燕梭屋下看搓麻。
随心才品乡村菜，着意又尝草舍茶。
诗照田园情不尽，俗尘远去乐农家。

七律·王屋山

2011年7月

群山朝拜感仙风，一柱凌空上九重。
着意蓬壶分海日，倾情霄汉探蟾宫。
银杏梳泉流新绿，愚公劈岭绽艳红。
旖旎清幽藏俊秀，长传神韵自豪雄。

七律·海王九岛

2011 年 7 月

海蚀地貌巧天然，疏密相宜仪万千。
石怪礁奇情脉脉，鸥旋鹭舞韵绵绵。
浪卷桅杆兴亡泪，云浮烽火奋起篇。
钓叟卧涛寰宇阔，画屏青靛阅苍烟。

注：1948年冬，为参加中国人民政治协商会议筹备会，宋庆龄、郭沫若、胡风、丁玲等人，乘坐挪威商船由香港取道上海、辗转北平（今北京）时来到海王九岛停泊。大家为九岛风光所震慑，郭沫若即兴挥毫赋诗："魏子窝前舟暂停，阳光璀璨海波平。汪洋万顷青于靛，小屿珊瑚列画屏。"

七律·银川览山公园与顺皋晨练

2011 年 8 月

览山健步绕湖旁，曲岸清风汗意凉。
晨露凝珠含叶翠，朝霞逐日送花香。
丹青云外追思远，水墨径间寄韵长。
摇落尘喧幽静处，登高啸傲任尔狂。

七律·雨中游世园会

2011 年 9 月

潇潇抬望愈葱茏，曲岸楼台瑞霭朦。
踏玉飞珠情未了，流岚荡锦意弥雄。
摇红烂漫沐中雨，浥翠轩昂写大风。
俯仰乾坤凭谁问？满园美色画图中。

七律·鸣沙山月牙泉

2011 年 9 月 19 日

一潭碧影洗心灵，四面银山养性情。
楼阁倚沙吟古韵，驼峰翘首唱今声。
波光尽染夕阳色，爽气直冲大漠旌。
欲借清风吹锦瑟，画帘半卷故人倾。

七律·莫高窟

2011 年 9 月 20 日

回肠荡气贯长虹，舞动天衣满壁风。
代有沉浮悲赤县，时来仰止谢苍穹。
一山幽梦诗书里，千洞情思画卷中。
大雅奇观悬日月，长吟感慨气犹雄。

七律·嘉兴—宁波跨海大桥

2011 年 9 月

鲲鹏展翅傲苍穹，俯仰飞虹大海中。
瑞霭含情舒新雨，祥云着意荡和风。
韵谐高奏丹魂毅，梦揽低吟浩气雄。
胜景此间迷人处，马龙车水映日红。

七律·千岛湖一游

2011 年 9 月

青螺凝梦镜中妍，碧玉金腰美自然。
渝溢高峡输电力，汪盈平谷酿山泉。
传情锁钥结真趣，带韵毛尖话善缘。
谐意梅峰观浩渺，气象蒸蒸健行天。

七律·电力天路贺青藏联网

2011 年 10 月

扶摇银线舞长空，一统千山唱大风。
追日激扬三尺剑，揽星奋引六钧弓。
紫光华夏辉天外，浩气环穹卷地中。
惊起狂飙嘶战马，热血冰心点霓虹。

七律·贺神八与天宫一号首次对接成功

2011年11月3日

优雅牵手舞苍穹，初吻情深气自雄。
纵启天宫会远客，横舒星船交长虹。
穿针着意八叠锦，引线随心五段功。
逐浪未来何壮阔，骋怀梦想驾东风。

注：八叠锦，指交会对接相撞、捕获、缓冲、校正、拉近、拉紧、密封、刚性连接八个步骤。五段功，指交会对接的五个阶段：远距离导引段、自主控制段、对接段、组合飞行段、分离撤离段。

七律·张北行

2011年11月

远遥坝上壮如图，云锦天章物候殊。
六代长城兴大道，无穷要塞盛中都。
野狐坡上风车舞，桦树岭前光电输。
偏爱草原硅阵美，青波浩淼揽金乌。

七律·青城山

2011年12月8日

径曲草复水声潺,林静风清五洞天。
一览平湖浮碧雨,四围翠岭笼岚烟。
怡情纵起山如画,野趣横生我似仙。
犹有少时豪气在,探幽问道意三千。

七律·海口金色阳光酒店有感

2011年12月22日

椰林小道浴风清,望海温馨悦浪声。
绚丽中心虹彩舞,蜿蜒长岸碧波迎。
喜酌醪酒茅庐静,乐享汤泉瑞霭生。
琼岛景新容客览,少年魅力敢峥嵘。

注：中心，指海南国际会展中心。

七律·三亚湾海边有感（二首）

2011年12月28日

（一）

波涛竞次自超然，旧友新交与作缘。
情洒诗边思北地，行吟海渚喜南天。
心充火树群星侧，梦化银花两眼前。
一笑沧桑云散去，秦川依旧唱清泉。

（二）

拂面风柔似按摩，鹭城四季气犹和。
蓝天雨洗览云远，银岸椰摇聚客多。
灯火琼湾青影出，霓虹玉宇绿光过。
一杯午子寻新趣，踏浪倾听起网歌。

七律·无题

2011年12月31日

曲池凝露润千家，雁塔含烟看日斜。
杨柳枝头夸跃雀，芙蓉水畔戏鸣蛙。
新竹交翠观闲鹤，小径通幽采野花。
感慨老来知旧少，逸兴犹在与谁茶？

七律·元旦有感

2012年1月1日三亚

镜里流年两鬓斑，远方追梦寸心丹。
风怀碧海长滩暖，雪涌蓝关大岭寒。
窗前犹似临渭水，耳畔忽如战贺兰。
冠岁报春清新写，常将素愿日月看。

七律·无　题

2012年1月5日

白鹭凌波恋晚霞，凤凰展翼客天涯。
长滩银练横舟影，半岛霓虹纵浪花。
伏案性灵谐旧韵，推窗天趣入新茶。
莫随时尚风尘叹，梦向诗边大海家。

七律·欣喜高兴参加第七届中国优秀特长生艺术节获幼儿组英语讲故事金奖

2012年2月4日

万里长空银燕鸣，雏鹰展翅北京行。
和合天地青阳起，会聚东西紫气生。
吟晨咏夜云立志，剪叶栽花水含情。
欣见龙腾同台比，蟾宫折桂喜有名。

七律·有　感

2012 年 3 月 5 日

流光飞驶序时更，两鬓霜催唤晚晴。
金岸临风常挂梦，曲江听雨总含情。
云容水态观鱼跃，啸志歌怀悦鸟鸣。
铅椠何功尘市外，斜阳深处可峥嵘。

注：金岸，宁夏黄河金岸。

铅椠，怀铅（铅粉笔）提椠（木牍），典出扬雄。此句化杜牧《长安杂题长句六首》其二中"自笑苦无楼护智，可怜铅椠竟何功"意。

七律·曲江春早

2012 年 3 月 10 日

暖送春回紫气盈，柔风扑面更燃情。
轻轻疏雨呼青眼，袅袅浮烟唤翠莺。
波动长廊摇玉锦，线飞古岸响竹筝。
曲池犹感峥嵘意，环野似闻破土声。

七律·植树子午峪

2012年3月24日

碧韵晴岚入画眸，荔枝古道更清幽。
玄都旧址临三界，仙观新容现九州。
流水高山心潮涌，云桥石磴足迹留。
旗扬谷峪播新翠，望断长安绿意稠。

七律·石泉中坝大峡谷

2012年4月14日

嗅闻悠远古清香，曲径林幽韵味长。
一线地天书日月，千年藤蔓写沧桑。
湖畔落花盈珠泪，桥上渡仙览玉妆。
闲坐长亭茶半品，山村遥指菜花黄。

七律·瀛　湖

2012年4月15日

波动巴山浮绿浪，云摇汉水舞银龙。
柔依花径香一处，静伴竹林悦九重。
亭角旁临生妩媚，塔尖半入露娇容。
湖边茶语逸情广，浪里船歌绮梦浓。

七律·安康安澜塔

2012 年 4 月 15 日

回廊抱厦向玲珑，斗拱飞檐势不同。
雄毓巴山抒婉雅，秀熙汉水赋和融。
横桥卧波一弯月，溢彩流光百丈虹。
康泰催燃千树火，东来福佑万重风。

七律·小高兴六岁寄语

2012 年 5 月 18 日

朝阳冉冉暖情牵，聊写心声寄浩天。
燕雀不随争妩媚，鸿鹄偏共竞芳妍。
先辈桑梓承薪火，后昆芝兰续史烟。
识字读书强体魄，更欣华夏使之然。

七律·纪念《毛主席在延安文艺座谈会上的讲话》发表 70 周年

2012 年 5 月 23 日延安杨家岭

铿锵声绕九州间，漫卷红旗向日边。
纵唤狂飙涤旧世，横牵暖雨洒新天。
根植大众千枝茂，花竞百家万朵鲜。
贴近生活抒壮丽，繁荣文艺拓源泉。

七律·父亲三周年、母亲八周年祭

2012年6月20日（农历五月初二）

兰山惆怅共哀声，黄水低徊未了情。
著雨一生多坎坷，经风半世少清平。
祥云不舍双音远，芝草犹怀百露盈。
端午花开魂梦绕，爱依泪涨碧波泓。

七律·上津古城

2012年6月28日

残墙古道步轻尘，楚塞秦关誉上津。
车马喧嚣何浩浩，舟楫穿会几沄沄。
英雄悲壮惊东岭，义士苍凉泣北辰。
荣辱沧桑翻远忆，长堤柳浪话逢春。

七律·漫川古镇

2012年6月29日

天竺山下小江南，叠嶂层峦玉带牵。
岸柳缠绵音婉转，云崖啸傲气轩然。
千蹄接踵追秦月，百艇联樯揽楚天。
窄巷穿行寻古韵，丰阳小吃肉汤鲜。

七律·山阳天竺山

2012 年 6 月 30 日

群峰如带簇流岚，郁郁青荫冠碧烟。
一柱云浮郧岭顶，千阶露沾鹘山巅。
啸歌长道同持地，逐梦斜阳共问天。
毓秀钟灵无限景，缠绵缥缈我神仙。

七律·百合花

2012 年 7 月 17 日

玉蕊金钟紫茎长，纯洁淡雅美云裳。
种头合抱百年好，花瓣展卷四季香。
偃仰从风舒傲骨，低垂含露显柔肠。
芳兰移取童心尚，落照红霞正映窗。

七律·贺神九载人与天宫一号对接

2012 年 7 月

飞船九度入云空，三剑豪歌共建功。
侠骨掣舟舒臂手，柔肠巡日荡心胸。
扬帆河汉长神往，漫步天宫久梦通。
喜我婵娟真飒爽，须眉不让唱高风。

七律·赞最美乡村教师

2012 年 8 月

飞花烛泪洒乡间，荏苒韶华境界宽。
共绽精神涵日月，惟呈道义壮山峦。
英才力哺酬天暖，夙梦直追化地寒。
且把柔情青史驻，崎岖踏过不言难。

七律·中秋寄语中泽

2012 年 9 月 30 日

中泽电邀参加其子艺帆婚礼，时值中秋，有所思，语寄中泽以示祝贺。

欣迎青鸟报芳菲，喜剪双花贺艺帷。
看鹊踏枝金玉对，羡童弄技彩蝶飞。
心裁风雪凝神重，思跃云天览翠微。
大岭紫烟吟月色，长河红日送朝晖。

党校青干班同学 15 年聚会有感

2013 年 1 月 1 日

煮酒香山岁月匆，轻歌笑语满晴空。
情深南岭呼星亮，气壮北国唤日红。
犹念乘风同舞剑，且筹播火共张弓。
怀萦俯仰陶翁赋，心系浮沉贺众雄。

武汉东湖印象

2013 年 6 月 1 日

烟凝草树响编钟，潋滟湖光带露风。
泽畔行吟仙境里，凌波坐品画图中。
竹林梅岭催淑气，雁影芦洲唤碧空。
极目楚荆天若水，朱碑耸翠势如虹。

注：朱德同志曾挥笔书下"东湖暂让西湖好，将来定比西湖强"的诗句。园中立碑纪念。

83届党校培训班一组 30年银川相聚有感

2013年8月25日

共饮斜阳溯旧踪,当年记忆可朦胧?
素心一片存沧海,淡酒三杯越碧空。
大漠步积西夏雨,长河舟竞贺兰风。
今缘别梦真情动,霜鬓无言晚照红。

宁夏黄河楼夜游

2013年8月25日

塞上黄河百尺楼,风光无限画中收。
清芬迢递天边月,怡趣飘摇浪里舟。
溢彩石桥常驻步,流辉玉阙总凝眸。
一川浩水回乡梦,万点灯明唱浅秋。

元旦·同赴三亚有感

2014年1月1日

2014年1月1日与陈峰、平英夫妇同赴海南三亚。

天高着意入云端，海阔随心阅岭峦。
俯瞰葱葱山水暖，回眸瑟瑟谷川寒。
举觞呼友说临畔，观景唤妻笑凭栏。
含韵椰风幽梦里，溶金落日唱霞冠。

七律·登三亚凤凰岭

2014年1月31日

椰树亭阁气象新，登高翁皓有精神。
接天碧海千层浪，拔地青峰百仞身。
薄霭含情描画幅，微风吐意洗芳尘。
静渊素域云舒卷，织梦吟诗岛上春。

七律·无　题

2014 年 2 月 14 日

晴光淑气暖云浮，舒卷顷怀海自悠。
沐雨栉风情晚钓，吟诗织梦意今流。
千般韵致随缘起，一寸芳心为痴柔。
轻唤涛声耕往事，弯腰拄杖互牵手。

七律·缅　怀

2014 年 3 月 2 日（农历二月初二）

母亲离开我们十年了，父亲离开我们也五年了。

（一）

大爱如山垂宇宙，双亲往事入春秋。
回肠歌哭瑶台上，羁旅梦飞海角头。
绿树遮阴连碧岭，清泉曳翠润芳洲。
栉风十载思何断，二月龙吟涕泗流。

（二）

思亲最切龙腾时，梦里长河大漠随。
耳畔如闻叮嘱语，灯前似见剪裁衣。
云雾吹开音容降，汐潮涌上笑貌移。
桂馥携悲生浩气，传薪续火有新诗。

七律·回望三亚 90 天

2014 年 4 月 6 日

2014 年 1 月至 3 月，我们与陈峰、郝平英夫妇在三亚河东区临春村老教授活动中心居住。

回望临春羁客忙，晨习八段晚乒乓。
邀龙笔底天犹远，引凤诗中韵更长。
老友情绵汤圆好，新朋意切饺子香。
尘虑常随沧波去，心逐雅梦笑暮阳。

七律·妻住院有感

2014 年 5 月

真怜憔悴病容颜，小患术施大痛煎。
有泪轻轻愁半盏，无言默默忍千般。
凝眸每对温情露，牵手更觉暖意连。
渐振元神抒浪漫，云开一笑释心然。

七律·秋登贺兰山

2014年8月

凌云依日贺兰巅,远树平畴在眼前。
西北峰叠山隐寺,东南浪滚水接天。
朦胧荒冢铭元昊,摇曳残垣忆赫连。
御风神骋流逝曲,岚烟霞色葡萄鲜。

七律·湖北京山疗养有感

2014年9月10日—21日

淡淡秋风喜送凉,京山着意近重阳。
问缘翰墨说荆楚,寻梦弦歌阅汉唐。
白蜡平畴今弄色,热汤聚堰古流芳。
柔情满洒烟霞醉,卧枕馨园忆少狂。

注:白蜡,对节白蜡。又名:湖北梣、湖北白蜡。对节白蜡盆景被誉为"活化石"或"盆景之王"。

热汤,温泉。

七律·夜游三亚湾

2014 年 12 月 26 日

灯火清波戏海湾，流光船载月初弦。
凤凰展翅云含韵，梅鹿回头雨带缘。
且赏潮高犁梦想，最欢浪阔种华年。
风光更有怡人处，看取银花向逝川。

七律·元　旦

2015 年 1 月 1 日

　　2015 年 1 月 1 日沈冶夫妇来看我和祝华，恰逢范立忠夫妇也到三亚，我们在三亚湾一聚。

喜聚椰城笑语哗，涛声唤浪绽诗花。
举杯互敬屠苏酒，把盏分尝武骏茶。
振翅鲲鹏思北国，舒怀彩凤恋南家。
长湾流韵随缘起，一片丹心彰世华。

七律·三亚大小洞天

2015年1月30日

鳌山蕴翠访林幽，崖郡弧弦百里收。
风送云涛神剑舞，水翻波浪石船浮。
南生龙树千年寿，东渡鉴真几度秋。
漫步遗宗禅意远，期颐人瑞乐中求。

七律·写在县厂长、董老师寿辰

2015年1月20日

疏狂往事岁峥嵘，风雨齐肩溢美声。
丝路追星青电曲，长河托日古峡情。
闲愁些许曾随梦，欣喜几分已漠名。
拄杖弯腰牵素手，飞红爱晚俏椰城。

七律·三亚临春村过除夕

2015 年 2 月 18 日

与县厂长、董老师夫妇，郝平英、陈峰夫妇及白雪，刘国、王大夫妇及其儿子、孙女，小毕夫妇及其岳母、孙子一起过除夕。

临春河畔鹭声稠，候鸟齐来寂寞休。
溢彩流金大树美，轻岚薄霭凤凰悠。
万家灯火一生愿，千里霓虹几度秋。
举酒乡愁牵塞上，晚晴烂漫海角头。

七律·陶涛到墨脱

2015 年 5 月

神秘莲花梦幻中，今成夙愿越多雄。
摘星男儿抒豪气，踏雪女子唱大风。
四象无形穿古道，千松有语置迷宫。
最是消魂开重雾，斜阳一抹映血红。

注：墨脱在喜马拉雅山脉南麓，与印度毗邻，在藏文中是"花"的意思。墨脱，在藏传佛教经典中称"博隅白玛岗"，意为"隐藏着的莲花"。2013 年 10 月 31 日上午，中国最后一条未通公路的县正式通车。

七律·陪祝华到淮北

2015年6月2日—7日

这次回淮北祝华老家,得到裴主席和淮北局领导及朋友的全力帮助,找到了多年不见的舅舅和诸位亲戚,十分感动。

追踪淮北探亲缘,谁解幽怀乙未年。
网漫相山寻旧地,电连朔镇问新田。
两行喜泪朱楼里,千缕悲思绿树间。
一抹斜阳沉隐处,感恩九报涌清泉。

注:相山,相山山脉自徐州蜿蜒而来,主峰为皖北地区至高点,方圆诸山之宗。

朱楼,上朱楼村。此处指祝华舅舅的庭院。绿树,祝华母亲墓地被一片果树相掩。

七律·悼德天厂长

2015年6月22日

惊闻李德天厂长去世，甚感震惊。德天老厂长是一个干事业的人，他把一生献给了水电事业，献给了青铜峡。

水电一生早有名，惊传噩耗起哀声。
痴心犹炽长河梦，白发频添大漠情。
神斧劈成峡尚黛，疾风吹过坝犹荣。
拼将全力弘实业，驻步唐渠热泪盈。

七律·宁夏区党校83培训班同学三十年聚会

2015年8月15日永宁鹤泉湖

花儿漫起正清秋，泼彩夕阳碧水柔。
大漠飞虹鸣铁马，长河破浪驾轻舟。
年华似梦逐流去，岁月如歌瞬转休。
喜聚卅年诗下酒，晚晴自古唱风流。

七律·西安交大发电21班同学毕业40年

2015年8月

壮志豪情笑已空，桑榆向晚四方翁。
昔舒浩气长河里，今展冰心微信中。
长忆校园说柳绿，每思雁塔阅樱红。
岁月流诗成一卷，长安托梦可认同？

七律·自嘲

2015年9月13日

时日菱花照悴容，黯然犹忆少年红。
心行大漠无春雨，脚踏长河有朔风。
斗转星移情未老，琴抒剑啸梦当雄。
迷离回首乾坤笑，常向藿香问计穷。

注：藿香，藿香正气水。自己两次心脏犯病，都以为胃不适找藿香正气水，而未去医院。

七律·赞西京医院张殿新教授及心内科三病区团队

2015年11月5日

济世悬壶百姓心，人间植就四时春。
身着白褂英姿俏，头戴蓝巾笑语频。
峭壁抚云同给力，空山亮嗓共翻新。
神来妙手医魂铸，学术带头索至真。

七律·三亚小东海应纪全主席相邀与纪全主席夫妇、高社主席夫妇、廖局夫妇相聚有感

2015年12月21日

南国碧浪诉衷肠，老友相逢喜引觞。
梦断长河衣上雪，情归大漠鬓边霜。
渐消狂态白云远，漫涨柔思绿水长。
鹿岭笛声犹唱晚，半山舍酒醉斜阳。

七律·乒乓好友勇士、老鹰三亚相会

2015 年 12 月 25 日

凤凰岭下喜相逢，拍纵球横意愈浓。
摩日排云当勇武，追风揽月何疏慵。
椰林圆梦南和北，鹭岛结情夏与冬。
雅兴因缘欣为友，一腔缱绻和声重。

七律·元旦抒怀

2016 年 1 月 1 日

晚霞夕照映窗间，静坐阁楼看远山。
聚散因缘闻海角，沉浮随意唱阳关。
玄空顿悟云中鹤，义理常思浪里帆。
参透担当和放下，呼得狂士少年还。

七律·参加大庆朋友聚会偶感

2016 年 1 月 30 日

群芳一树跃江龙，逐梦荒原画碧空。
犹忆青春塞北雪，漫嗟岁月岭南风。
油都更作梅兰友，椰岛常思雨露翁。
座上歌声杯酒满，激情朗诵《东方红》。

七律·春　日

2016年2月4日三亚

拂面微风暖带寒，轻盈细浪漫沙滩。
一湾犹绕青罗带，"五凤"如镶绿玉盘。
摇曳红棉花斗艳，层叠白鹭树争繁。
斜阳无限英雄色，春意胸中荡碧澜。

七律·参加三亚老教授协会春节联欢会有感

2016年2月4日

热血一生岁月稠，歌声嘹亮放怀收。
曾欣北塞抒慷慨，又喜南国绘壮猷。
舞映丹心华夏梦，诗凝雅韵艳阳秋。
真情给予椰城美，银发请缨更上楼。

七律·淳安千岛湖疗养（三首）

2016年4月11日—22日

到下姜村

黛瓦白墙美下姜，流溪环带舞朝阳。
松涛饶韵农家乐，栀子含辉岫涧香。
心里相牵推沼气，雨中拉话问蚕桑。
思源谁作丹青笔，袅袅春风入画廊。

华东李卫东总、陈方增总与西北老同志夜话格致斋

格致斋中喜气盈，无拘絮语尽和声。
开流拓岸长河喜，仰古承风大漠惊。
塔领新潮碑矗立，线鸣清籁电飞行。
清香玉叶酬宾客，塞北江南不了情。

到兰溪诸葛八卦村

九宫八阵小山庄，灰瓦青砖半月塘。
画柱雕梁仙雀替，歇山悬顶马头墙。
武侯千古民心爱，药肆百年众口芳。
宁静淡泊明远志，同吟诫子调悠扬。

七律·观电视剧《彭德怀元帅》有感

2016年6月16日

碧水清波映日辰，丰碑高耸立乾坤。
柔肠铁骨一身驻，浩气丹心万世存。
霞染白榆摇斗柄，雪压苍柏慰忠魂。
初心不忘昭沧海，问梦中华继后昆。

七律·祝华、靖靖赴丹麦、瑞典、芬兰、挪威四国游

2016年8月8日—17日

峰清水碧画中游，童话王国誉北欧。
古镇含情穿巷口，峡湾吐韵醉船头。
大厅金色名三界，雕塑青颜憾双眸。
绮景悠悠才入梦，归家说与再问幽。

七律·甘肃行诗十首

2016年9月11日—17日

九月，应映理、光明邀请，我和祝华、顺皋夫妇到甘肃。在映理和永强精心安排下，到刘家峡水电厂、宕昌等处参观，颇有感触。

同学情

金城学友絮华年，话漫兴隆百尺巅。
一片葱茏山带露，十分虔诚寺生烟。
长安过眼方留咏，丝路萦怀又着篇。
诗句清吟情未了，奋蹄老骥醉心弦。

朋友谊

慢酌频举复重斟，笑上眉间喜在心。
尽有余情思既往，何妨绮梦看如今。
趣飞大岭秦云远，谊揽长河陇水深。
恰遇我来秋气爽，金城邀月唤知音。

游刘家峡电厂

天门锁控水无涯，绮梦高原写物华。
银线条条飞岭岳，明灯盏盏点心花。
石林万象奇天地，佛寺千年瞻释迦。
最是神工臻化境，而今犹唱第一峡。

哈达铺

岷山飞越雨初晴，众望哈达捧日明。
关帝庙中开大会，义和昌里指前程。
一张报纸虹桥架，万里长征陕北行。
风雨同舟情切记，小街漫步响秋声。

腊子口

鏖战声闻腊子口，红军热血洒清秋。
枪林弹雨青春祭，深壑绝巅壮志酬。
抗日救国坚似铁，会师夺隘犟如牛。
当年遗址今犹在，举步当歌浩气流。

官鹅沟

（一）

奇峰叠翠绕云烟，绿谷幽深响碧泉。
飞瀑泻珠花雨落，古杉卧湖蛟龙眠。
步移景换藏书壁，心想趣成聚圣贤。
美丽传说羌寨梦，官鹅仙境几流连。

（二）

秋调新色浅群山，影映清流带彩颜。
雪浪九天声壑谷，绿珠五瀑醉峡湾。
农家蔬果潭边种，羌寨楼台水畔环。
大美官鹅真亦梦，红尘且问可一般？

过卓尼

无垠绿毯接瑶天，如朵敖包挂眼帘。
片片牛羊斜照里，数间苫子路旁边。
藏王故地梯田美，洮砚家乡药草妍。
黛壑红山凝瑞气，回眸九转过三千。

兴隆山

扑峦翠霭白云秀，霖雨苍龙入海流。
马背天骄佛殿上，名山陇佑法门头。
寒峰积雪吟八景，碧岭涌波醉双眸。
酣畅生情回韵味，农家庭院贺中秋。

白塔山

九州台望紫岚横，白塔层峦气势宏。
大禹分洪开社稷，黄河穿岭抱金城。
宝刹环青鸣秋色，铁桥流影唱晚晴。
清凉河畔灯似昼，仰首云舒月当明。

七律·重阳节答谢孙焕文书记鼓励

2016 年 10 月 9 日（农历九月初九）

寄语殷殷洗耳听，拜读诗作愧难平。
涓涓细水嘤秋色，页页轻风送玉声。
常恋追求青电梦，每思教诲古峡情。
菊香重九童心唤，学海泛舟敢缚鲸。

七律·观电视剧《于成龙》有感

2017 年 1 月 25 日

青衿云志自风华，怀有苍生侍帝家。
北地潜龙生怅惘，南天策马转清嘉。
文章满腹书民苦，热血一腔剑虎鲨。
笑挽狂澜逢上健，第一廉吏世人夸。

七律·咏　鸡

2017年1月28日（农历丁酉年正月初一）

峨冠锦羽唱福音，万户千门望日新。
搏距金足威立地，觑敌玉翅勇扑身。
笆边利喙呼仁义，树下劲翻护稚亲。
华夏名参十二宿，忠贞志远唤阳春。

注："鸡有五德"，语出汉代韩婴所作《韩诗外传》。文曰："鸡有五德：首戴冠，文也；足搏距，武也；敌敢斗，勇也；见食相呼，仁也；守夜不失，信也。"

七律·红树林宾馆园景

2017年3月5日

花红树暖水潺湲，台榭廊桥连小轩。
厘岛情掬出彩蕊，南国神凝跃清涟。
林径无拘歌声起，童心未泯舞步旋。
尽赏春光牵韵梦，俏姿靓影镜头前。

注：厘岛，巴厘岛。世界著名旅游岛，印度尼西亚33个一级行政区之一。

七律·遥看凤凰岭

2017年3月8日

一片霞光岭上身，凤凰摇翠已萌春。
岚浮阔野山环秀，辉映群楼水绕新。
近品仙豪寻好韵，遥闻天籁洗俗尘。
幽斋倚坐读文美，耳畔忽听雀语亲。

七律·与老同学益民小聚

2017年3月9日

益民从海口来看望平英、志勤和我，说话间20多年未见面了。

曾记贺兰岁月稠，远怀绮梦走琼州。
山攀五指葱葱路，水踏万泉灿灿秋。
白马过隙争举耜，鹿城行令可垂钩？
沁园名句今犹唱，长箭一支射斗牛。

七律·游三亚海棠湾

2017 年 4 月 7 日

海棠湾畔好风情,白云水映浪有形。
迭涌春潮声未去,匆来夏影梦还迎。
蜈支岛上吟新韵,热矿泉中唱旧声。
红色藤桥双翅亮,时逢雨露看峥嵘。

七律·写给潘智倩自编小影集《微微一笑很倾城》

2017 年 5 月 7 日

微微一笑长精神,羁旅南国景色新。
南亚喜游芳影倩,西沙漫绕爱心纯。
丹青淑气冲霄汉,翰墨清风远驿尘。
闲落木棉知我意,不辞长做鹿城人。

七律·水泉同学到西安有感

2017 年 5 月 12 日

京城初见少年郎,今展鹏翎起浙杭。
泉涌哲思添睿智,园萦清气为炎黄。
品茗曲岸说唐韵,听雨石屋赏桂香。
源练长驱方破浪,潮头挺立问钱塘。

七律·写在高兴 11 岁

2017 年 5 月 29 日

步入学堂历练多，书山苦乐揽巍峨。
娘师日日呕心血，孺子回回误梦柯。
有志求知携梦想，飞舟击浪向天歌。
弯弓蓄势从容力，老大何曾叹逝波？

七律·香港回归二十年

2017 年 7 月 1 日

回归廿载展新容，天地重开唱大风。
华夏根系腾热血，紫荆枝茂奉瑶觥。
"一国两制"云帆阔，"四始三合"港岛雄。
着意香江流重彩，九霄搏向众心同。

注：四始三合，指习近平总书记在香港回归二十年庆祝大会上讲话中提出的"四个始终"和贯彻"一国两制"方针的三个结合。

七律·皓程、云舒夫妇从北京到西安，小潘从银川到西安

2017年9月3日—15日

大雁塔广场

云皓专程探病行，菊黄渭水润金声。
慈恩雨霁浮天远，雁塔花开望月明。
丹桂欢歌流雅韵，紫珠喜舞溢深情。
撷芳常好邀兰客，酌古品今与共鸣。

注：紫珠，指大雁塔北广场音乐喷泉。

大唐芙蓉园

情趣相知在浅秋，芙蓉园里觅清幽。
茱萸瑞蔼呈瑰丽，玉镜紫云透碧柔。
漫步诗峡追绮梦，焚香杏苑问鳌头。
银花火树辉日月，一曲霓裳万古悠。

华清宫观大型实景剧《长恨歌》

九龙湖畔舞霓裳，且把骊山做幕墙。
仙子凌空云蔼蔼，娇娥涉水火煌煌。
霞飞意切时惊梦，凤焘情真九转肠。
谁驾清风池上坐，身沾花雨看大唐。

北院门回民小吃街

交辉钟鼓小吃城,北院回街久有名。
烤肉灌包酸菜米,泡馍夹饼桂花羹。
老摊味美流诗韵,新铺香飘溢画情。
最是天天人鼎沸,移肩接踵向前行。

唐城墙、曲江池遗址公园

水色山光气象新,曲江池畔览芳晨。
吟诗坛上迷唐韵,祈雨亭前醉雅人。
舞漫动情呼豆蔻,笛扬励志唤青春。
韶光已老童心在,且把天真日日寻。

秦兵马俑

风舞骊山奏九韶,长安王气几曾消。
八千兵马横天地,万载陶俑卫帝朝。
呐喊声声擂战鼓,旌旗猎猎起狂飙。
重光今见昂然立,世界皆惊叹折腰。

西安明城墙

久经烽火历沧桑,袅翠阑红耀未央。
岭上白云存旧影,河中青壁映新光。
烟笼垛口遥钟鼓,霞染城楼入画廊。
极目长安皇苑景,商家百号萃琳琅。

西安三原老黄家

三原清末数黄家，陕菜名吃右任夸。
官府烧鲜"蹄熊掌"，瓮城扣肉"面疙瘩"。
贵妃饺子鱿丝堡，苏轼黄鱼油塔花。
老店盛情迎远客，美食文化绽奇葩。

七律·到韩城

2017年10月3日—4日

双节期间，孩子们冒雨陪我们再到韩城，距离上次已八年了。

公路蜿蜒伴水流，龙门古渡雨中幽。
党家村内岚烟抹，司马坡前瑞蔼浮。
老店小吃追梦翼，古街漫步绽心头。
望云遥寄婵娟语，秋染少梁爱意稠。

七律·秋 思

2017 年 10 月 9 日

黛云低处雨一帘，漫起秋思到眼前。
丹桂透窗滋静界，金风盈径揽浮烟。
怀恩琴瑟银筝响，浴火菩提玉叶跶。
复解心声舒寂寞，闲情别寄未央天。

七律·电视剧《那年花开月正圆》观后

2017 年 10 月 15 日

卅（xì）载春秋写纵横，三原有幸育周莹。
中兴泾渭吴家业，开拓秦川商界名。
义贯苍穹泽旧梦，仁浮赤县润新声。
诚心呕尽丹虹化，寂寞女儿未了情。

七律·贺十九大胜利召开

2017 年 10 月 18 日

世界聆听北京声，磅礴报告玉振鸣。
内容丰富初心见，理论精深特色呈。
镰开富路同远梦，斧斩穷根共新晴。
纵揽河山民生系，潮头永立写峥嵘。

七律·关中四关

2017 年 10 月 22 日

关中四关是东函谷关（东汉后被潼关取代）、西大散关、南武关、北萧关。居其四关之中的地域统称关中。

潼关（函谷关）

突兀凌霄大岭南，单车窄路锁秦川。
风陵晓渡争黄渭，谯鼓夕辉照翠烟。
纵马刺槐惊魏武，横刀御寇退平田。
雄关尽染沧桑色，青史留得紫气篇。

注：平田，平田健吉，侵华日军炮轰潼关的指挥官。
传说老子骑青牛过函谷关，为关守尹喜留而写《道德经》，流传后世。

大散关

川陕咽喉大散关，云深斜谷道何难。
淮阴暗渡得天下，忠武师出越岭端。
阆水南流翁梦暖，姜河北淌术兵寒。
谁怜逐鹿兜鍪血，冷月秋风古隘残。

注：淮阴，淮阴侯，韩信。忠武，忠武候。诸葛亮曾出散关，围陈仓。

翁，陆放翁，陆游。术，完颜兀术，完颜宗弼，太祖完颜阿骨打的第四子。阆水，嘉陵江。姜河。清姜河。

武 关

秦关百二啸青苍,谷堑山墙几度霜。
笔架鹿鸣呼玉桂,石桥古渡览斜阳。
铁戟千年烽烟起,红缨万丈浩气扬。
妖娆郑袖屈子泪,不见当年楚怀王。

萧 关

萧关烽堠起狼烟,襟带八方纵变迁。
城隘长峡白骨累,丝绸古道客商连。
夭夭漫漫花盈谷,莽莽皑皑雪满巅。
遗迹遍留说汉武,征夫塞外望家还。

注:长峡,弹筝峡,泾河的一个峡谷,萧关曾建于此处,与长城交会,形成天然屏障。花,野桃花。当年,汉武帝曾六出萧关。

七律·西安昆明池

2017 年 11 月 26 日

一泓碧水醉长安,远逝亭阁汉武帆。
织女鹊桥舒广袖,牛郎河汉舞长衫。
章台祈雨石鲸吼,棘璧报恩锦鲤衔。
凤盖棹歌今又现,秋风池畔正呢喃。

注:棘璧,垂棘之璧,古代夜明珠的别称。

七律·西安——成都体验游

2017年12月21日—22日

西成高铁行

蜀道危乎鸟雀愁,巴山大岭锁咽喉。
巉岩石栈连秦塞,历井扪参仰汉钩。
洞纵岂容关隘阻,桥横终磬鼓鼙休。
谪仙咏叹今朝事,渭水都江即日游。

蓉城宽窄巷

天府三巷景一方,道壁台楼雅韵藏。
窄窄龙门声放趣,宽宽院落梦含香。
闲情拴马留新影,快意乘龙过大江。
镶正红旗遗迹在,蜀巴文化古流芳。

七律·青铜峡水电厂发电50周年有感

2017年12月26日

五秩回眸转瞬间,明珠塞上历桑田。
银花激浪餐风雨,火树逐云点山川。
芳华无怨舒雅韵,岁月有情射新弦。
虹贯长河飞天马,光明遍洒再著鞭。

七律·雪中观梅

2018年1月4日

透雪丹华斗朔寒,归真淡朴寄平安。
孤林向晚融心苦,曲水朝空化世酸。
莫道干枝花絮落,且将冰魄曲声弹。
疏枝尽蓄凌云气,襟抱东风踏浪宽。

七律·海口及海南西线记游

2018年1月9日—12日

海口骑楼

漫漫欧洲巴洛克,悠悠希腊帕特农。
柱廊焕绮浮纹绕,墙面流光浅塑融。
世态时耽觅旧影,风云几度灿新踪。
乡愁一曲清音渺,交响千年和在胸。

海口老街

南洋寄梦灿椰城,兼蓄中西赤子情。
排店敞廊风古朴,骑楼商铺景繁荣。
长堤路漫无言史,海甸溪悠有故声。
向晚酣歌当未远,且听老街电钟鸣。

东坡书院

东坡书院史流长，名胜天涯灿慧光。
谪隐椰林思北阙，居幽莎木惠南荒。
情吟吉贝亲鱼鸟，志唱弦歌载酒堂。
钦帅泉边心仰止，笠屐吙笑恋儋乡。

注：莎木，即桄榔。苏东坡在儋州时其居处称"桄榔庵"；吉贝，指木棉。当地黎民曾用木棉絮为东坡做吉贝棉衣。东坡赋诗以谢："遗我吉贝衣，海风今夕寒"。笠屐，指唐伯虎《东坡先生笠屐图》。书院现存的是根据唐图所绘的《坡仙笠屐图》。

千年古盐田

泼墨丹青半岛湾，绮花玄武古盐田。
银滩日晒盈白露，石砚霞萦望紫烟。
莫道沧桑留旧迹，从来岁月唱新篇。
正德御笔今犹在，朝水夕钱老话传。

尖峰岭

尖峰挺秀耸云天，四海奇观岭色妍。
鸣凤谷中藤吐韵，南天池上水笼烟。
山依田舍橙橘美，客恋农家肉菜鲜。
任是群峦清雾绕，身居仙境意悠然。

看望世存书记老友

相怜脑海更逐波，往事连番眼畔过。
揽雾牵星约大漠，拨云捧日恋长河。
乐忧黎水情何表，谈笑兰山志未磨。
萧瑟疏枝逢冻雨，寒根且护爱心多。

注：黎水，黎母河，即南渡江。指海南。

七律·赞福瑞国际公馆2018年迎春联欢晚会

2018年2月6日

梦想腾飞候鸟歌，激情燃起舞婆娑。
芳姿楚楚留清影，云锦翩翩踏碧波。
耀眼皓星抒善美，开心观众赞融和。
缤纷异彩迎春喜，紫气东来福瑞多。

七律·陵水新村港水上渔家乐

2018年2月8日

海上新村特色浓，毗邻猴岛醉清风。
船浮箱网排排美，舫挂灯笼串串红。
渔舍烹调鲜味袅，家人唱和水声融。
轻舟数叶炊烟荡，客旅喧哗淡霭中。

七律·无 题

2018年2月11日

突兀腾空众皆慌，急刹惹祸起车厢。
热忱客助心温暖，惊悸妻扶腿碰伤。
每念情柔八万里，犹怜泪挂九回肠。
一生恩爱阴晴共，相伴天涯日月长。

七律·迎 春

2018年2月15日

金鸡应律踏祥云，灵犬生风哮日新。
北陆凝光枝带绿，南国流韵岭铺茵。
灯笼高挂欣接福，门对张贴喜庆春。
美酒香茶年夜饭，天涯贺岁共芳邻。

七律·靖靖、涛涛及高兴回银川过年有感

2018 年 2 月 19 日

举杯相庆喜气盈，醉饮乡愁凤凰城。
祝福犹怜凝爱意，祈年每念聚亲情。
长河落日拾童趣，大漠驼铃忆旧声。
共话团圆插彩胜，传承薪火谱峥嵘。

旛胜新裁笑语频，金花朵朵有精神。
追时姑婶欣迷眼，入戏叔侄喜兆身。
夙愿新天秦缶曲，重情故地凤城人。
黄河襟带东来意，南北东西血脉亲。

七律·金鸡岭海岳半岛城邦小区四家欢聚

2018 年 2 月 25 日（戊戌年正月初十）

候鸟一群喜满屋，小园焕彩聚鸿儒。
轻舒童趣说新事，旋转花裙做大厨。
路绕楼环怡树绿，藤繁榕茂美蕉朱。
红肠西凤飞乡韵，笑语欢声换旧符。

七律·相聚三亚荔枝沟芒果园

2018年2月28日

结伴芒园小路斜,清幽屋舍远喧哗。
繁枝流韵催新果,三角飞红映秀颊。
燃起激情椰岛水,放飞梦想凤城花。
风牵故友怜春意,莽果树旁品酒茶。

注:莽果,即芒果。

七律·火焰树

2018年3月5日

火焰树的花朵像极了正在燃烧的火焰。

金苞绽放试浓妆,紫气东来送淡香。
沐雨丹葩浮翠锦,迎风红袖舞霓裳。
晨晖莺语花千树,暮霭蛮吟梦一方。
火焰拂云忧远去,霞晖铺地灿佛光。

七律·海棠湾水稻国家公园

2018年3月8日

花海融春映翠微，梅红荆紫更生辉。
美人摇曳硫菊瘦，金露婆娑稻粒肥。
火焰熊熊资日气，恐龙凛凛借电威。
难辞细雨相留意，雾漫青山不肯归。

七律·老友白雪从海口来看我有感

2018年3月11日

忆来心海便苍茫，直把襟怀与太荒。
昏眼犹怜疏远梦，寸心每念熨愁肠。
凤城故地情当重，鹿岛新天韵尚长。
萧瑟更知红叶好，寒根且护饮花香。

七律·有 感

2018年3月14日

少锋夫妇、小凤、丰华、支宁、玉贞从银川来三亚，不亦乐乎！

鹿岛风光处处春，繁花织锦草如茵。
凤凰浪涌椰迎客，"大嫂"云集雨洗尘。
馥郁吟成南岭曲，疏狂收作北国人。
朋侪唱和声声乐，相会天涯格外亲。

注：凤凰，指凤凰岛，三亚地标性建筑。大嫂，指厨嫂当家的大嫂包间，借喻用。

七律·清明寄思

2018年4月2日

雨润苍原翠雾遐，慈颜双亲旧年华。
孤烟大漠弹晨露，落日长河映晚霞。
怜女寒来衣尚短，忧儿暑去瘦相加。
再无昔岁平房里，几度新春喊爸妈。

七律·应平英、陈峰夫妇相邀到九所龙栖湾温泉一号

2018年4月4日

含芳庭院远喧哗,绿绕汤池小径斜。
美酒凝光融玉盏,佳肴着意润琼花。
观山高卧人堪羡,悦水轻击梦不奢。
诸友诚邀何处去,比邻九所好人家。

七律·海上大阅兵

2018年4月12日

阵列南疆唱大风,劈波斩浪势犹宏。
"带刀护卫"横吞月,"持剑封喉"纵指鲸。
航母眉扬云海阔,战鹰翼舞虎狼惊。
雄师威武狂飙卷,走向深蓝铸太平。

注:带刀护卫,指052C导弹驱逐舰,又称"中华神盾";持剑封喉,指新型弹道导弹核潜艇。

七律·贺小高兴喜获陕西省春芽杯小学戏剧组二等奖

2018 年 4 月 13 日

欣闻喜讯已翩然,敲键吟诗赞浩天。
一缕情怀流古韵,几多汗水锁晴烟。
放飞梦想新篇谱,燃起激情重任肩。
今又长鞭催跃马,须知山外景相添。

七律·观倩倩相册《花开的声音》有感

2018 年 4 月 19 日

心怡风雅效前贤,小屋瑶台有洞天。
挥笔追神习古韵,对焦思巧锁晴烟。
几多汗水花间醉,一缕情怀梦里眠。
绿紫红黄相映笑,天涯兰芷意悠然。

七律·观大山制作的美篇《白鹿原影城》有感

2018年4月19日

三秦俯瞰紫烟浮,白鹿影城景色幽。
岁月长舒文带血,云天纵览泪盈眸。
长安烽火忆双虎,雄隘号声动九州。
拍遍芳园抬望眼,流连夕照又回头。

七律·广东、广西游有感

2018年4月21日—5月1日

结伴小孙自驾广东湛江,广西藤县、桂林、南宁、大新硕龙镇德天瀑布、明仕田园、北海、合浦山口红树林十一日游。

重游湖光岩

划破烟霞画味稠,清澜曲岸又开眸。
楞严寺隐晨钟晓,玛珥湖幽远客游。
空净尘绝逐市闹,风甜气爽忘心愁。
何来闲事将身系,仙境当须户外求。

藤县看望老同学晋阳

曾经雾卷景难全,创业藤州志愈坚。
廿载号声廿载鼓,一程雪雨一程烟。
放飞梦想家园娆,燃起激情战地妍。
今日长风帆又启,鲸鲨再驭意铿然。

两江四湖夜游

一览两江意绪添,四湖自此梦魂牵。
群峰炫彩银花靓,双塔称雄火树妍。
纵目浮雕游客赞,怡心表演鼓锣喧。
水岸亭台垂倒影,桥挂长虹景万千。

漓　江

丹青画本叹神工,水转山回碧入瞳。
九马壁悬观宇宙,一帘瀑挂锁苍穹。
磊隗峰岭清澄影,参差竹林翠曳风。
洞府仙乡八桂有,徐福知晓不朝东。

银子岩

幽静迷奇美洞天,岩溶钟乳竞争妍。
尧山雪瀑晶莹落,漓水乐屏曼妙悬。
定海神针流古韵,混元宝伞锁晴烟。
撩人上下峰十二,漫舞霓裳叹大千。

湖畔漫步

烟笼风香斗翠微，杉榕悦客影生辉。
粤西十子声已去，赣北三宗舫未归。
衔趣名桥添异彩，怡情市景揽芳菲。
河山颜本瑶台取，一路寻幽桂柳依。

德天瀑布

清波飞卧九龙涎，白练分流碧水间。
两界珠帘横挂岭，三叠圭玉纵冲天。
牵情雾雨峦嶂影，着意竹筏浩渺烟。
跌宕层岩腾浪远，抚碑良久溯流年。

明仕田园

漓江借倩水一方，洒落边陲美景藏。
翠竹含春犹带秀，青山倒影也涵光。
放歌槎上心愁远，漫步园中雅韵长。
田舍烟依霞绮袅，寻幽"千骨"走壮乡。

南宁市景

五象风光入眼新，青山凤岭四时春。
邕江水映华灯灿，朱槿花旋客影频。
大厦航洋抒浪漫，小吃市井品香醇。
横空桥拱霓虹挂，一路风微绿树荫。

北　海

碧水蓝天百越城，疍家港舍早得名。
白沙柔浪长滩唤，彩路火山小岛迎。
红树氤氲舒绮丽，老街沧桑望升平。
丝绸海上扬春影，展翅南流灿旭晴。

注：小岛，指涠洲岛。

合浦山口红树林

淌水登船凳做梯，连绵红树渐入迷。
层岚凝黛妆湿地，淡霭流风画翠堤。
蛇舞犹闻摇榄乱，鱼游不见与林齐。
银滩潮落原生态，羁旅有缘扫彩霓。

注：榄，木榄。生长浅海盐滩的一种乔木，红树林中的珍品。

七律·楼前凤凰木花开了

2018 年 5 月 3 日

谁把金凰彩凤邀，仪观韡（wěi）韡向天娇。
扶疏羽翠生灵韵，盛放花红冠艳袍。
气壮浩滂凌宇旷，身高挺拔立云潇。
梦递幽香炎炎赫，青春火热远寂寥。

注：凤凰木，取名于"叶如飞凰之羽，花若丹凤之冠"，别名金凤花、红花楹树、火树、洋楹等。

七律·赞川航 3U8633 机组

2018 年 5 月 14 日

万米高空陡起波，初心坚守任风搓。
临危谱写重生曲，化险凝成炼狱歌。
愿把柔情飞大地，当须浩气贯长河。
英雄心有洪荒力，神鬼感泣四海和。

七律·偶 感

2018年5月24日

时隔13年，李英由宁夏调陕西电力公司工作。为其接风感。

醉饮杞红远凤城，兰得蓉畔却相迎。
洗尘人爽榴花艳，唱和酒醇火树明。
霁色南山云外落，犁光渭水月边耕。
萦怀风雨眉间笑，一抹斜阳洒真情。

注：杞红，指枸杞红酒；兰得，指宁夏产兰得干红葡萄酒。蓉畔，大唐芙蓉园旁边。

七律·南五台山

2018年6月1日

应孩子们邀请，到南五台一游，共度六一儿童节。

叠嶂重峦瑞象环，终南翠麓五台山。
岚浮圣塔风铃静，鸟唱古槐涧水潺。
滑道竹林飞玉影，紫阁佛寺唤新颜。
登高只语长安近，坐听松风赋趣闲。

七律·到浐灞一游

2018 年 6 月 9 日

老郑相约，与祝华、光辉、小曾驱车一游浐灞。

雨霁长安浐灞东，天光水色画图中。
论坛欧亚传芳韵，商港丝路唱大风。
塔映秦桥平野绿，径环唐柳小荷红。
扶摇吐纳喧嚣淡，乐卧青茵雅趣同。

七律·和张嵩会长参加首届中华诗人节诗

2018 年 6 月 18 日

雨霁终南爽气来，心期佳作诵屏台。
风追屈子吟新韵，霞映江陵聚雅才。
欲览芳菲声袅绕，犹邀婉转曲徘徊。
几许光华接星斗，长河逐梦正咏怀。

张嵩会长诗：

夏日炎灼喜雨来，诗节佳讯入寒宅。
正逢端午插青艾，更向荆州拜楚才。
年少读书常懵懂，白头追日不徘徊。
放歌塞上为云梦，万里长江好咏怀。

七律·读张嵩会长参加首届中华诗人节诗

2018年6月19日

山明水秀美江陵,形胜争雄古有名。
关圣义绝存靓影,袁公风举启新程。
流云伫望浮天远,思绪苍茫澈骨清。
灵性齐抒南北荟,不拘格套向真情。

张嵩会长诗:

南行半日到江陵,谁不心中美盛名。
乱世争雄兵府地,承平创业教科城。
千载浸润留嘉景,一水风流绣锦屏。
有幸今朝成楚客,词章骚赋自多情。

七律·鳌屋水街

2018年6月23日

闲来古镇水街行,云影天光灿夏晴。
绿柳沿堤方悟道,红花隔岸不知名。
茶廊木舍新帏润,银瀑竹船瑞蔼萦。
借问游人何处是,戏台百姓吼秦声。

七律·俄罗斯世界杯

2018年7月8日

窝瓦河畔绿茵中，逐鹿群雄唱大风。
顿闪青霜彰脚技，终连铁壁显头功。
新花向日身姿靓，老干吟云泪眼朦。
赛场悲欢呈万象，金杯吐艳赞交融。

注：窝瓦河，即伏尔加河。

七律·贺高兴以170.63分（满分180分）的面试成绩被西安市铁一中学录取

2018年7月12日

亮剑豪情志比山，小学六载未曾闲。
酸心莫过愁眉锁，逐鹿谁怜泪眼潸。
疏雨师亲功不朽，追云稚子意何顽。
开屏顿感朝阳暖，尽扫阴霾带笑颜。

大庆之旅

2018年7月27日—8月6日

铁人纪念馆

舒啸春潮铁誓宣，风雷提领忆当年。
豪情冰雪征云起，逐梦荒原战鼓传。
振臂双挥机鼎沸，纵身一跳井昂然。
微躯犹系夺油海，碧血皆倾向日边。

大庆赞

长守初心冠纪元，群芳涛涌老梅繁。
倾情歌起精神焕，累果枝摇绮梦暄。
正本迎来新动力，开源冲破旧篱藩。
而来不负东风笔，再绘松辽万里原。

大庆黑鱼湖

粼粼水面路回旋，轻雨疏狂景色妍。
碧树栽于天岸上，小船荡在地垠边。
同歌岁月盈思处，合韵生涯络意间。
好酒三杯迎远客，丝竹一曲品湖鲜。

扎龙鹤乡

扎龙极目向天长，犁浪轻舟奏乐章。
蓝染苍穹云世界，绿拂芦苇鹤家乡。
弄姿照影怡闲景，摇岸振翮舞曜光。
绽蕾荷花清韵远，歌声凄美入心房。

哈尔滨之行

2018 年 8 月 7 日—13 日

参观萧红纪念馆及故居

天降奇才岂有常，南国北地自流芳。
春风寂寞钟灵手，冬雪飘零毓秀肠。
浸泪悲云增明丽，忧心恨水念绵长。
半生冷遇当言憾，魂系兰河慰故乡。

呼兰河口湿地

摇日小船驰荡风，画图几幅幔纱中。
万顷湿地空灵影，百里长廊梦幻宫。
水韵银沙添逸兴，瑶音红莲化霓虹。
奇缘冰雪新天地，观海听涛醉叟童。

哈尔滨中国亭园

江城微雨到亭园，叠翠飞红景万千。
如意湖边歌宕起，神奇峰下路回旋。
名亭气韵辉煌史，华夏人文锦绣篇。
把卷雅轩须砥砺，写神妙在意悠然。

七律·青 岛

2018年9月10日—21日

海情大酒店

海情小住绿成荫,窗畔时传碧浪音。
水荡波光摇艇影,岚浮岛色惹诗心。
长谈志趣欣茶艺,漫指山川伴古琴。
小径斑斓撩客醉,回眸栈道化新吟。

青岛一瞥

绿树红房大海东,崂山剑指入天宫。
石楼冷月八关美,督府斜阳九水丰。
海尔情牵河汉外,青啤梦绕五洲中。
高低道路添神韵,火炬流丹气势雄。

七律·小孙、小马夫妇从抚顺到西安

2018年10月7日—8日

曲江漫游

曲池烟色阅江楼，如梦残荷荡小舟。
胡亥墓前松月冷，宝钏窑内痴心柔。
城墙红叶身边过，雁塔霓光眼底收。
火树银花人不寐，指点群雕数风流。

西安城墙

秋风吟唱古城墙，雄峙巍然望苍茫。
兵燹铁蹄起烈焰，烽烟弹洞见柔肠。
秀丽绵延携弦月，沧桑突兀戴晓阳。
龙旌遍展披紫霭，尽扫沉埃纳天光。

七律·悼王萍同学

2018 年 10 月 13 日

今日惊悉王萍同学 10 月 6 日车祸不幸罹难，深感震惊和悲痛，西安又天降小雨。

飘飘黄叶雨丝轻，凭吊王萍叹凤城。
四载弦歌言往事，几多感慨话今生。
花开春陌芬芳寄，月上秋窗愕梦惊。
别去匆匆人何在？兰山渭水放悲声。

七律·观《马兰谣》有感

2018 年 10 月 23 日

马兰往事未随烟，霞蔚神州自豁然。
黄沙戈壁燃壮阔，白雪雀河绘极妍。
青春无悔一星梦，皓首仍思两弹缘。
去尽浮华空利欲，赤子冰心化清泉。

七律·郑国渠风景区

2018 年 10 月 26 日

俯看泾河向渭流，仲山壑谷入清眸。
晴岚飞瀑云烟渺，红叶碧潭雾霭柔。
崖壁壶穴得蚀水，奇石泥斗有横沟。
寻踪栈道说龙舞，梦醉千年故事悠。

七律·下乡 50 年有感

2018 年 10 月 29 日

遥望南华总动容，三千击水已无踪。
绮思梦远沧桑厚，感慨霜深岁月丰。
最喜盘蛇浮野径，欣怜飞雪盖青峰。
怀中尚有初心在，劲舞斜阳画碧空。

七律·观《天汉传奇》大型实景演出

2018 年 10 月 31 日

九霄蜃景上瑶台，灿若星河画卷开。
漾水悠悠波撼止，巴山莽莽云飞裁。
运筹应赞留侯计，决胜当尊相帅才。
礼乐诗文扬四海，大风歌起汉天来。

七律·观陕西人艺70年庆典演出话剧《平凡的世界》有感

2018年12月6日

壮阔雄浑苦难行，起伏变化透温情。
根扎黄土风尘厚，心系大河思绪明。

阅尽人生无怨悔，问穷名利有峥嵘。
榴花许是临春远，尚晚发的万树盈。

策马弦歌战火中，韶华七秩更旗红。
驰名华夏初心在，黄土高坡唱大风。

七律·改革开放40年

2018年12月18日

激昂慷慨历蹉跎，卅载峥嵘路几何。
血路杀开从雨洗，牢笼冲破任风搓。
鼎新革故五洲颂，复兴求实四海歌。
且共宏图同筑梦，初心未忘再扬波。

七律·岁末感怀

2018 年 12 月 30 日于三亚陋室中

南国花海起香尘，岁序潺湲第二春。
韵在长天说寂寞，歌随细浪问沉沦。
椰横夕照情常在，水漾苍烟梦已真。
雅兴犹存波荡处，依稀往事写清新。

七律·陵水清水湾一游

2019 年 1 月 14 日

应玉林夫妇相邀，高社夫妇、李慧兰及我和祝华到清水湾一游。

摇翠飞红列队迎，英州小镇溢温馨。
琼楼别墅含新绿，碧浪沙滩揽黛青。
雅室品茗习有礼，渔家哇饭笑无形。
闲情得趣寻椰梦，清水一湾入画屏。

七律·嫦娥四号登月有感

2019年1月17日

探秘蟾宫背后边,平台初设史无前。
"嫦娥"盆地轻轻落,"玉兔"陨坑细细研。
河汉互拍舒烂漫,广寒对视起缠绵。
扶摇万里巡天梦,举屵凝眸靓影传。

七律·三亚小聚有感

2019年1月27日

韶华荏苒笑浮云,夕照桑榆趣意新。
叙旧续缘归本色,长欢常聚返童真。
谈天饮酒梅竹友,论道品茶芷若邻。
鹿岛轩斋流雅韵,情牵南北庆阳春。

七律·参加书法培训班

2019年1月19日—29日

端坐凝神好用功,横划竖写又描红。
柔怀浅纸追年少,濡墨白头叹岁空。
学友挥毫生雅趣,良师落笔走惊风。
孜孜苦练争朝暮,磨砺几番入径中?

七律·贺陈更夺冠《中华诗词大会》(第四季)

2019 年 2 月 14 日

四载拼搏路几何？弥坚历久亦如歌。
盈怀剑气青春少，逐梦诗音韵味多。
水到皆因清泪洗，渠成更赖舛途磨。
冰心一片酬勤曲，不使豪情叹逝波。

七律·到万科森林公园有感

2019 年 3 月 7 日

几度东君染万科，春色衔来暖阳多。
点翠芳菲八方路，铺红烂漫四面坡。
任风自在追落日，听雨逍遥望漪波。
一片葱茏凭栏处，长天问韵慢慢和。

七律·观看三亚老教协艺术团模特团演出

2019 年 3 月 16 日

T 台走秀靓天涯，模特时装灿若花。
曼舞椰风摇月影，轻歌海韵赏云霞。
转头摆胯身姿美，收腹挺胸气质嘉。
乐此怡情寻雅趣，夕阳红处绽芳华。

七律·到琼海看朋友吴更做菜

2019 年 3 月 20 日

一湾泮水友朋家,无冕厨师塞上娃。
酸芥煮鱼鲜辣爽,腐汁烧肉烂香滑。
束丝热浸烹包菜,芡粉轻勾炒角瓜。
最是汤红毛血旺,暖身开胃众人夸。

七律·海南芒果

2019 年 3 月 24 日

热带果王早有名,椰风海韵润娇英。
流丹浮翠腰形美,泛玉滴金肉质晶。
细语绵绵传绿意,小花簇簇著红情。
"贵妃"妩媚天姿丽,引领群芳满鹭城。

七律·二十五年前受命电力建安公司有感

2019 年 3 月 31 日

当年受命赴邻瓯，电建风云画卷留。
跃马北疆追虎耳，挥戈南海溯龙头。
冷月纤纤长河雪，骄阳烈烈大漠鏊。
共舞霞缨笙歌奏，总凭肝胆写春秋。

注：邻瓯，指电力建安公司，电力建安公司与青铜峡水电厂相邻，故称之。

七律·悼四川凉山牺牲的消防战士

2019 年 4 月 4 日

哀歌声起泪飞扬，木里凄风倍感伤。
热血一腔情浩浩，英魂百载影煌煌。
几经火海人犹韧，数历烽烟志更强。
无意声闻天地外，留的清气护群芳。

七律·在韩志愿军遗骸回国安葬有感

2019年4月5日

风云叱咤卫金瓯，铸就丰碑正义留。
越岭穿江惊寇胆，挥戈跃马震敌酋。
雄杰浩气冲天地，冷月清辉照壑丘。
儿在异邦慈母唤，魂归故里慰神州。

七律·广州华南植物园

2019年4月9日

万国奇树未名花，碧翠清幽目不暇。
龙洞琪林摇日影，蒲岗小径赏云霞。
铺开烂漫亭园美，点醉芬芳室馆佳。
根叶精神圆梦境，南方绿宝冠天涯。

七律·洞庭东山学采茶

2019年4月15日

指尖过处嫩芽新，花里穿行树下巡。
条玉尽沾黄蕊色，枪旗半露赤霞珍。
习性正和田园趣，彩衣恰映草果茵。
抬望葱茏收不住，一篮香满碧螺春。

七律·苏州东山游记（六首）

2019年4月22日—5月10日

陆巷古村

名村陆巷太湖东，进士摇篮卧郁葱。
宝俭庭轩流古韵，惠和雕绘揽长风。
连元宰相拙叟赞，入气词人少蕴崇。
历史千年儒脉地，幽深逼仄阅玲珑。

木渎古镇

积木塞渎古镇幽，乾隆六下韵风流。
景庭府第晴光照，碣士花园瑞气浮。
怀抱名山盆聚宝，宅环秀水画行舟。
松竹亭桥真情趣，翘楚江南誉九州。

游金庭（西山）石公山

青螺伏水泛晴光，浅翠新红暗送香。
明月坡前摇倩影，揽曦亭上举琼觞。
穿云盘道风一缕，擎日丹梯阶数行。
情寄西山无病在，石公踏海阅沧桑。

攀登莫厘峰

四野屏开陟莫厘，枇杷黄染鸟轻啼。
临腰亭立村湾远，及顶碑扬林壑低。
潋滟太湖波似海，环旋公路带如溪。
石阶大道山前后，任尔重重小径迷。

参观东山东宝缂丝织物有限公司有感

缂丝绝艺冠乾坤，断纬通经刻彩珍。
戗掼勾结法矩旧，牵摇嵌套序规新。
织为云外霓裳烁，染作江南碧水粼。
几度雾漫仍绽蕾，传承古韵五湖春。

答谢东山朋友

太湖吐翠莫厘娇，煮酒东山气自豪。
青岫铺排凭瑞雨，春风裁剪举麾旄。
碧螺香满情缘厚，炎果色盈雅韵翱。
且共画图吴越地，冰心一片谢尔曹。

七律·喜闻延安地区脱贫奔小康
2019年5月20日

延河宝塔见情真，养育之恩不忘民。
数载扶贫怀党性，一朝致富暖乡亲。
琼枝玉果飞红色，秃岭荒坡挂绿茵。
化雨东风激泪点，小康路上共争春。

七律·贺高兴获西安市中学生电脑动画制作一等奖

2019 年 5 月 20 日

道路交叉景色新，文明礼貌写情真。
停车尽让来回客，翘指皆夸驾驶人。
保障安全陶意气，爱惜生命化精神。
云飞瀚海童心趣，动画巧思挂金轮。

注：后又获陕西省中学生电脑动画制作一等奖。

七律·秦岭丰裕口—柞水环游

2019 年 6 月 29 日

轻车一路意欣欣，叠嶂重峦万壑云。
树染青岚飞瀑挂，溪涵倩影笑声闻。
乾坤荡气肠峡过，南北骋怀水系分。
牛背梁前夸上善，山间放迹似微醺。

七律·咸阳古渡

2019 年 7 月 13 日

陇蜀遐迩欸乃声，千年传唱曲含情。
法天北阪形无限，象地南桥势有宏。
古渡驰怀追远梦，新廊荡气挽长缨。
秦风阁上观云起，呼啸鲲鹏跃渭城。

七律·终南山中纳凉

2019 年 7 月 27 日

长安酷暑热难禁，大岭山中爽地寻。
满目浓青悬玉瀑，一湾浅碧洗尘心。
石关攘攘浮车影，禅院幽幽响磬音。
最是农家消夏好，鸡鸣犬吠鸟抚琴。

七律·漫步曲江大唐不夜城

2019 年 8 月 20 日

馨风袅袅曲江行，火树银花不夜城。
闲叙秦音连玉桂，静听唐韵带秋声。
经国文治雄才展，济世武功大略赢。
无穷意蕴追夙梦，战马翻飞角弓鸣。

七律·蓝田碧水湾温泉

2019 年 8 月 25 日

塘村碧壑蕴温泉，天宝遗踪涌自然。
面水背山含秀色，藏风聚气吐潺湲。
沸珠融雪通幽境，皎镜濯缨跃大川。
半晌清欢浮世远，感知造化枕霞眠。

七律·曲江小聚

2019 年 8 月 28 日

桑榆夕照写风流，晴染南湖别样幽。
爽气西来听故事，烟波东注斥方遒。
续缘叙旧情方切，常聚长欢意更酬。
一缕茶香将进酒，无穷蕴藉曲江秋。

七律·到香积寺

2019 年 9 月 8 日

古刹雄盘滈潏旁，吐幽纳翠历沧桑。
祖庭雁影含秋色，善塔云裳蕴锦章。
寂寂碑石无限意，森森花木几多香。
超然物外毒龙制，人间万象不渺茫。

七律·银川吴裕泰花园茶餐厅聚会

2019 年 9 月 17 日

塞上金秋月色新,流觞典水苑幽深。
犹存壮志青衿子,历尽风霜白发人。
耳畔怡声情厚重,胸中往事趣天真。
韶华有梦心难老,再遣兴怀庚子春。

注:典水,银川典农河。

七律·贺新中国七十国庆

2019 年 9 月 30 日

浩浩风来动地吟,煌煌日暖奏瑶琴。
巨龙神韵云浮影,雏凤清声海和音。
已有七秩追愿景,仍需万众记初心。
踏平骇浪尧天阔,革故鼎新越古今。

七律·新中国70华诞庆典电视观礼有感

2019年10月1日

大阅兵

陆海空天汇铁流，大风歌起斥方遒。
银鹰呼啸疾烟雨，利剑巡航射斗牛。
万乘骁腾安社稷，百旗健舞写春秋。
雄师威武初心在，正步铿锵撼五洲。

大游行

方阵流光万众欢，彩车荟萃凯歌传。
披荆斩棘经风雨，革故鼎新换地天。
创业龙腾青史驻，复兴号响锦帆悬。
放飞鸿鹄长街上，梦绕五星唱大千。

大联欢

欢声笑语兴无穷，曼舞轻歌画图中。
珠络回旋生态韵，花缦斗薮自然风。
星桥火树辉天地，溢彩流光映玉宫。
伟绩丰碑谁写就，人民万岁绽长空。

七律·观星明到乌兰布统草原摄影作品感

2019 年 10 月 9 日

树染胭脂塞外流，水涵虹影舞金秋。
和风煦煦苍穹阔，白云依依草木幽。
十里烟霞奔骏马，千帧画卷卧祥牛。
天姿寸镜无问意，雁落昭君放歌喉。

七律·再游韩城

2019 年 11 月 2 日—3 日

韩城老街

烟笼斑驳看明清，岚染参差小北京。
庙宇店楼藏厚重，龙街巷院见邃泓。
状元巧对传佳趣，百姓花馍溢喜情。
古调一腔秦汉韵，风追司马写纵横。

梁带村芮国遗址博物馆

黄土深深故迹藏，鲜活温热映韶光。
青铜鼎簋风云烈，玉佩猪龙故事长。
雅颂柔情兴礼乐，家国大爱话桓姜。
禹门远眺千年史，古芮寻微问夏阳。

韩城香山红叶

雨浥霜催烂漫凝，天开禹岭竞峥嵘。
丹心深谷苍茫韵，素志高台浩瀚情。
雾笼黄栌争暖日，烟浮红叶唤秋声。
韶华神纵凌云气，尽染河山笑浪名。

司马迁祠

史家绝唱痴情注，无韵离骚妙笔收。
一代高风铭万古，百年遗迹吊千秋。
骋怀芝水波涛阔，荡气梁塬草木幽。
岁月风霜犹历历，高山仰止放歌讴。

韩城大红袍花椒

虬枝簇簇挂玲珑，遍野香袭淡碧空。
芳意龙门秋露美，柔情椒目旭阳红。
调浆涂壁书屋里，行气逐寒药典中。
微麻轻辣烹鼎鋉，赪袍升帐少梁风。

七律·结婚纪念日有感

2019 年 12 月 9 日

春秋荏苒浴韶光,素袂丹心伴晚霜。
瑞雪挥情梅骨傲,好风绘梦竹节刚。
烟浮萧塞牵穷目,雾笼秦川荡庚肠。
犹忆今朝轻挽手,和谐琴瑟玉音长。

七律·赞西安长乐坊派出所

2019 年 12 月 17 日

到长乐坊派出所办事,因领导有任务外出,我们准备明日再来。下楼时,恰碰一领导回来,素不相识,领导热情地问我们办什么事,并主动带我们去办理。

巧遇楼梯问一声,油然暖意总关情。
初心牢记休逐利,使命担当不为名。
锦瑟别弹鼓角起,玉箫新奏风云行。
枫桥模式与时进,好雨知时润古城。

七律·冬至感怀

2019年12月22日

又是一年亚岁时，人生冷暖悟差迟。
梅芳庭院飞情瀑，鬓染铜镜唤梦曦。
茶品乾坤三盏乐，文寻韵律九回痴。
锅中彩饺翻新色，回望行程饮几卮。

注：亚岁，即冬至。

七律·元旦观泛美小区蜡梅绽放

2020年1月1日

山边泉畔绽娇黄，疏影横斜一树妆。
纤英当宜冬后日，瘦萼不怯夜间霜。
玉脸皎然迎新雪，冰肌孤艳吐暗香。
捻枝嗅蕊回岁律，庚子开年唤春光。

注：山，假山；泉，喷泉。

七律·曲江七大遗址公园

2020 年 1 月 5 日—21 日

慈恩寺遗址公园

云阁雁塔入空明，天阙给园祥蔼生。
玄奘经译识毅魄，为善恩追蕴深情。
观碑款款梵音袅，问史悠悠闵雨倾。
水墨丹林添雅趣，千年遗址诉峥嵘。

注：天阙，天上宫殿；给园，给孤独园省称，泛指佛寺。为善，唐高宗李治，字为善。丹林，指牡丹园、银杏林。

曲江池遗址公园

柳弹莺娇小径幽，新园古韵慰乡愁。
隋唐焕彩宣箫鼓，秦汉紫光入画轴。
祓禊阳滨花弄影，飞觞曲水竹盈眸。
痴情付与南湖美，素志托诸赞锦秋。

注：锦秋，张锦秋，建筑设计大师，曲江遗址公园总设计师。

唐城墙遗址公园

史海尘烟漫土墙，千年叠印记沧桑。
云横渭水说秦汉，霞映南山看大唐。
玉带陈基得雨润，城郭新蘲乘风扬。
吟诗坛里清音起，后有来者笑楚狂。

大唐芙蓉园（唐文化遗址公园）

列阵迎宾鼓角喧，霓裳梦幻紫云天。
芙蓉共赏春花韵，杏苑同抒雁塔缘。
光瀑呼星闻幽籁，诗峡映日飨佳篇。
风淳市井秦音好，曲水流觞故事传。

秦二世遗址公园

二世而亡鉴史名，荒烟孤冢后人评。
沙丘宫里风云色，涉故台前鼓角声。
岁月回眸烽火冷，沧桑欲觅海天横。
秦风曲水流千古，几度残阳亦有情。

注：沙丘宫，沙丘宫平台遗址位于今河北省邢台市广宗县大平台村南，是一个长150米，宽70米的沙丘。

涉故台，陈胜、吴广起义旧址，位于安徽省宿州市埇桥区大泽乡镇。因陈胜字涉，后人遂将其盟誓之坛为"涉故台"。

寒窑遗址公园

武家坡上几番寻，洞馆幽阶柳敷阴。
野菜一篮盟海誓，寒窑千载鉴冰心。
回肠故事山击缶，荡气情缘水抚琴。
睢梦关关贞烈女，天长地久古犹今。

西安天坛遗址公园

烽烟几度掩荒郊，云影苍苔慰寂寥。
祈谷迎来隋代雨，敬天唱去唐时潮。
十二陛阶观辰月，四层素土仰碧霄。
圜丘写就宏阔史，叠印千年看今朝。

注：西安天坛始建于隋文帝开皇十年（590年），迄今已有1421年了。天坛远古叫圜丘，又名圆丘，明清时被称作天坛。

七律·大明宫遗址公园

2020年2月1日

龙首原头觅旧踪，长安记忆大明宫。
旌旗猎猎祥云处，圣殿巍巍瑞蔼中。
四海民吟华夏曲，五洲君觑盛唐风。
多情岁月流今古，仍见当年气势雄。

七律·贺彭敏获央视第五季诗词大会冠军

2020年2月9日

翩然觅句各争春，五季诗坛见本真。
势蓄千钧言日月，情倾万物笑风尘。
潜心追梦扶云客，励志求知折桂人。
文脉流经犹向远，有怀自信岁华醇。

七律·贺高捷当选宁夏回族自治区劳动模范

2020年3月20日

塞上传来报喜声，劳模金榜有捷名。
先驱创业存丹魄，后辈图强蕴至情。
秀骨一身披雪雨，柔肠三匝动湖城。
兰山再览风光好，高铁飞驰热泪迎。

支援武汉抗疫医疗队返程有感

2020年3月21日

三楚离别故里迎，花摇柳弹慰群英。
铁骑开路多荣耀，水柱搭门更挚诚。
两行热泪扬毅魄，新歌一曲蕴深情。
白衣天使舒亮丽，托起朝阳万里明。

七律·举国悼念抗疫斗争牺牲烈士和逝世同胞

2020年4月4日（清明）

半降国旗泪眼朦，悲哀唯见九州同。
千秋事仰留经典，一座碑巍祭鬼雄。
铮骨柔肠行上雨，丹魂碧血化长虹。
民心点亮齐慷慨，天落狂飙唱大风。

七律·无　题

2020年4月6日

春梢飞絮到乾州，汉韵唐风共胜游。
日暖桃苹花弄影，雨晴禾田麦盈眸。
闲情散与登山款，逸致托诸问史悠。
无字碑前谁解意？云卷明空记何稠。

七律·高兴 14 岁生日感怀

2020 年 5 月 29 日

一元欣复始匆匆，难令韶光岁岁同。
海上潮生鱼跃浪，天心云卷日飞红。
夜明窗月人无惰，晨路山岚业有丰。
不减少年真乐趣，殷勤青鸟落园中。

七律·雨游昆明池七夕公园

2020 年 6 月 27 日

细雨柔风送淡香，神沼潋滟纳清凉。
铁流结链辞初日，碧水承天向大洋。
河汉白驹飞倩影，鹊桥青鸟泛馨芳。
沧桑自有乾坤力，缘寄山川日月长。

七律·白鹿原影视城

2020 年 6 月 29 日

将军岭上览八荒，橡笔凝情绘故乡。
滋水云霓舒日月，鹿村风雨演沧桑。
景观步道飞霞蔚，影视文园颂世昌。
创意繁花融雅韵，犹听溯史奏华章。

七律·菜地漫吟

2020年6月29日

炎炎酷暑气氤氲，白鹿田园景色新。
垄上芊花风荡紫，畦中豆蔓雨涤尘。
黄瓜喜采头一遍，青韭欣割第二轮。
淡月初悬辞暮霭，远烟归鸟笑天真。

七律·怀念共和国勋章获得者申纪兰

2020年7月4日

时光荏苒美名传，根脉深深喜沃田。
嘉澍挥情托众望，好风绘梦壮奇观。
常怀使命红梅骨，总守初心老骥鞭。
素袂不忘民意重，留得故事写新篇。

七律·写在庚子年医师节

2020年8月19日

救死扶伤使命真，悬壶济世见精神。
惊涛铮骨千帆竞，骇浪柔肠万木春。
岂有崇高能诋毁，且抛庸俗远沉沦。
韶华追梦凌霄志，不忘初心大写人。

七律·"天问一号"探测火星升空有感

逐梦苍穹再问天,"战神"探测箭离弦。
犹听澄宇星河动,相望流云日月旋。
银舻腾飞舒画页,瀛洲缥缈写诗篇。
和平使者瀚空舞,拂却罡风唱大千。

注:战神,火星的别称为战神玛尔斯星和荧惑星。

七律·高陵泾河渭水交汇处

2020年8月

波谷浪峰岭壑间,沧桑几度下秦川。
魏征棋落泾河梦,姜尚钩垂渭水贤。
三岸同青新雨后,二流殊色晓风前。
是非明辨当思虑,格物致知近自然。

七律·抗战胜利日有感

2020年9月3日

胜利钟声瑞梦催,河山万里绮春回。
长风铁甲心坚矣,战火烽烟气壮哉。
哀血神州衔雨去,矗旗澄宇唤云开。
英魂告慰千秋祭,菊酒杯杯献玉台。

七律·无题

2020 年 9 月 3 日

（一）

秋风吹木立夕阳，转辗潮颠问宇苍。
岁去心牵情愈显，饴来地蕴爱深藏。
空聆雁唳还流泪，忍看痛吟更断肠。
心悯齐眉遭病虐，千般惆憾甚凄凉。

（二）

病魔肆虐亦坚真，倦影柔情自吐芬。
翻卷云低随日月，驰腾野阔任风尘。
净揩素面含秋怨，弹破冰珠显泪痕。
疲困忧烦谁知晓，只将苦痛酿成春。

七律·蓝田家人小聚

2020 年 10 月 3 日

老调清歌对甘醇，蓝田国庆聚家人。
经年别绪水云淡，满腹情思烟雨新。
岁去萧疏惟鬓发，饴来炽烈有精神。
登楼远眺南山景，千里长宵月一轮。

七律·乡　思

2020 年 11 月 22 日

贺兰山下凤凰城，塞上江南沃野平。
广漠孤烟云外落，长湖瑞霭日边生。
稻添韵味三秋画，酒唤诗波大夏情。
最是悠悠东逝水，青峡总向梦中迎。

七律·无　题

2020 年 11 月 23 日

连波烟树映南峰，秋写桃园景火红。
薄雾幽幽疏竹影，籁音袅袅和松风。
推窗鸟唱吟诗里，出户花开入画中。
小盏轻端心气爽，《兰亭》案上走惊鸿。

排律　观陕西歌舞剧院演出大型原创乐舞诗《大唐赋》

2020年11月30日

炎黄历史大唐雄，尽向芳华万象中。
丝路遥遥朝冕旒，龙旗猎猎启皇宫。（礼宾）
丽人裁剪曲江柳，进士铺排杏苑风。（曲江）
紫袖金樱星月赞，青鬃骏马岳川崇。（击鞠）
经书万里归尧土，雁塔千尺耀苍穹。（雁塔）
酒肆胡姬西市闹，驼铃商号长安通。（西市）
秦筝叠韵梨花雨，羯鼓传声羽曲虹。（梨园）
年酒飘香酿新词，生肖祈泰辞旧梦。（祈年）
龙飞灞上天姿浩，凤舞骊山国色融。（唐颂）
英落缤纷舒画卷，陕歌唱赋浪潮东。

七律·有感

2020年12月9日（结婚43周年纪念日）

卌载沧桑爱不移，锅盆交响最相知。
霜尘迢递皆清韵，岁序潺湲共雅姿。
扫去阴霾风起处，迎来瑞蔼雪溶时。
三生石上姻缘刻，一世牵手不弃离。

七律·2018年祝华过宁夏西吉火石寨玻璃栈桥

2020年12月16日

扣响天阶意兴稠，玻璃桥越两峰头。
丹山焕彩晴光满，绿树生烟瑞气浮。
悬壁长廊摇异客，凌空深谷荡乡愁。
铺开烂漫童心现，点染云霞任自由。

七律·读皓程《梦回大庆看雪花》

2020年12月18日

白山黑水忆当年，雪雨风霜创业篇。
冲破牢笼惊世界，杀出血路震云川。
三叠笛声春和夏，百载剑气地与天。
大庆梦回追逝水，韶华不负响歌弦。

七律·岁末感怀

2020年12月30日

（一）

凭窗寄意向冬云，往事如烟历历亲。
腊雪盈枝梅报早，寒风扑面雨催新。
千钧力挽长河浪，万丈威涤大漠尘。
定是肖牛景色好，繁花映日各争春。

（二）

劳碌经年老病欺，小斋清静自相宜。
初心浩渺循夙愿，冬月玲珑瞰清奇。
几阵朔风能应候，一犁春雨甚知时。
人生如曲听常晚，数载秦关梦上诗。

邵世伟总2021年3月19日和诗：

次韵凤林兄春日见寄

渭北江东几树云，京山别久忆交亲。
经霜词笔随风至，过雨林峦与日新。
难测天心多怅触，不教病骨老风尘。
岁逢辛丑气犹壮，勠力耕耘劫后春。

七律·观《山海情》电视剧

2021 年 1 月 27 日

解困脱贫誓在行，苦瘠天下世人惊。
百年远梦勤劳起，一片初心奋斗成。
美丽乡村山寄意，神奇小镇海含情。
闽宁佳话传华夏，真实故事热泪盈。

七律·悼志远

2021 年 1 月 27 日

鹤去凄凄大岭惊，识君五秩记犹清。
放歌塞上云舒卷，逐梦古峡水自鸣。
寥廓书吟传笔意，苍茫酒酹起潮声。
飞鸿过处斜阳泪，思绪万千到凤城。

注：古峡，指宁夏青铜峡水电厂。

七律·祝华手术日感

2021年2月23日

灯悬穹顶净无尘，几度寒风气色新。
梦里韶华腾紫雾，心中愿景送瘟神。
青丝回首兰山麓，白发舒眉渭水滨。
寸寸柔肠情未了，清辉抱朴看冰轮。

七律·脱贫攻坚赞

2021年2月25日

不忘初衷践誓言，告别贫困史空前。
长河浪涌拂晴雪，大岭春回唱柳烟。
心系黎民开富路，情倾华夏拓桑田。
再赴新征炎黄梦，直挂云帆庆百年。

七律·贺常老师彩铅书画成功展出

2021年3月8日

绮梦今圆不为名，无非传递好心声。
钩揭折转锋含韵，叠彩平涂笔有情。
鸟兽虫鱼知世态，木花山水道人生。
满怀淑气追日落，激起文光耀凤城。

七律·宁夏电建组诗

2021年1月4日—4月14日

那是一段难忘的岁月，那里有拼搏，有欢乐，有困苦，有泪水，有支持，有友谊，有理解，有收获。多年来，一直想写点什么。进入2021年，突发奇想，能否用诗词的形式尝试记载一下那个火红的年代，于是就有了下面的这些文字。

激情岁月（1994—2000）

受 命

当年往事未封尘，梦里芳华笔底春。
浴雪登崖增壮气，凌风探路涨精神。
思无邪处方修远，德有邻时可养真。
愿受长缨情塞上，一心学做弄潮人。

关 怀

天公着力送关怀，总览长河引路来。
驰骋烟云谁可测，纵横市场意难猜。
时从旭日添光色，每做甘霖解旱霾。
坎坷历经凭后盾，感恩慧手巧安排。

所　思

（一）

青峡冷月向西流，欲缚苍龙尚带愁。
驰骋岂能无大计，纵横但要有明眸。
内强素质身弥壮，外树形象劲更遒。
岁旦豪情提万骑，激浪长河木兰舟。

（二）（新韵）

振兴企业任维艰，班子团结若等闲。
思想共识起壮阔，科学技术绘斑斓。
能工巧匠长萦念，管理人才总挂牵。
聚力凝心同筑梦，春潮舞动挂云帆。

练　兵

（一）

弦歌数载遍神州，立雪程门志欲求。
大漠高原尝冷暖，长河南岭笑沉浮。
掀身探海争朝暮，伸手摘云唱晚秋。
转轨更需真技艺，卧薪尝胆练兜鍪。

（二）

桥头雪舞电结缘，珠海云浮续锦篇。
陇上歌随摇月影，关中韵在沐霞天。
夏驮烈日闻幽籁，冬载温情望远川。
梦里依稀扬志气，韶华荏苒赋流年。

投 标

劈波市场历艰辛，不懈坚持电建人。
花落花开梅报早，燕来燕去雨载新。
情牵神木谈惊梦，意往铜川起醉吟。
白雪披衣尝百味，浮冰挂甲苦争春。

获国家电力建设施工一级资质
并通过全面质量管理认证

京津赶考上层楼，喟叹青峡几度秋。
雨洗霓虹何问苦，霞辉赤日不赊愁。
风撩浅笑晨昏叠，汗洒长年雪雨留。
历史今添新画页，蛟龙出水搏神州。

注：京津：京指电力部、建设部审批资质；津指中国船级社天津分社，负责全面质量管理认证。

宁青公司

塞外相知喜乘风，托诸夙愿起蛟龙。
高原雪影呼云路，大漠笳声唤远峰。
已借奋髯擎玉笔，再凭昂首响金镛。
艰辛拓展阳关道，互助双赢友谊浓。

注：为了共同开拓市场，实现互帮互助，宁夏、青海电建在银川联合成立了宁青电力建设公司。

青铜峡唐渠电站工程

引水凿山鼓角鸣，唐徕渠首展长缨。
焊花点点霜风炫，岩炮隆隆日月惊。
拿准安装一次过，攻坚调试几番成。
丰碑再写拼搏史，崛起古峡任纵横。

输变电工程

鏖兵大漠迎朝日，跃马长河送晚霞。
咫尺瑶台挥汗雨，几回戈壁斗风沙。
银线条条说秋意，塔杆座座感岁华。
借问画图谁奋笔，银花火树耀千家。

神木店塔电厂应考

西山云起演兵场，窟野河边剑怒张。
不惧严寒冰刺骨，何辞酷暑汗湿裳。
始知店塔题能破，自信青峡梦可扬。
最是征程千里外，春风得意马蹄香。

注：陕西神木店塔电厂是公司实行水转火战略后，独立走出的第一步，电厂虽小，但意义重大。

参建青海桥头电厂工程

湟水兰山喜袂连，桥头工地奏和弦。
高歌唱去青峡月，共舞拂来雪域天。
妙笔图强飞翠韵，笃情创业斗霜烟。
朗吟一路拼搏史，尽惹诗痕落画笺。

陕西铜川铝厂自备电厂工程

人裹征衣马备鞍，旌旗猎猎竞铜川。
云如有意能生雨，水惹怀情始笼烟。
漆水博流铺瑞霭，香山勒石写新篇。
冰清凝泪无言苦，只为扬帆向海天。

参加甘肃平凉电厂工程建设

精神振奋陇之东，热顶骄阳冷伴风。
且寻泾水三尺剑，来觅崆山六钧弓。
一片悉心浮云散，几多惬意丽日融。
长缨紧握成气象，不负流光打磨功。

参加陕西宝鸡二电厂工程建设

陈仓城外塔吊旋，宝电工程好策鞭。
携手机旁飞汗水，同心炉顶斗霜烟。
求知大岭书新韵，追梦长河射雅弦。
节奏铿锵催奋进，艰辛历尽泪潜然。

参加广东韶关、珠海电厂工程建设

珠海波光弄影横，韶关鼙鼓起和声。
长天韵在追日落，大浪歌随熨潮平。
多少拼搏时雨润，几番磨砺自然成。
初心未忘争春早，高亢雄音南北鸣。

注：公司先后派出人员参加甘肃平凉电厂、陕西宝鸡二电厂建设，广东韶关、珠海电厂学习培训锻炼队伍，以求发展壮大。

大坝电厂二期3号、4号锅炉安装

沸喧大电创先河，再展旌旗斧钺磨。
汗洒铁梯从雨洗，身居钢架任风搓。
汽包起吊传捷报，本体安装奏凯歌。
炉顶会当灯海亮，星光辉映九重波。

注：在电力局和川电二公司的支持帮助下，公司参与了大坝电厂二期三号炉的学习，独立承担了四号炉的安装，这是一次质的飞跃。

银川热电厂

凌寒解意蕴春情，何忍花前踏落英。
静观云动擂战鼓，喜见波扬缚长鲸。
一曲凯歌酬风雨，几多捷报唱凤城。
播洒阳光抒士气，银川热电演强兵。

注：银川热电工程来之不易，而只能是优质工程。

石嘴山二电厂

经年努力梦成真，石电工程赤县新。
曾向八方追岁月，终归一点写青春。
汽机调试强功见，炉体组装志气伸。
示范霓虹光影照，中流击水建安人。

注：宁夏电建人的希望和梦想。

参加电力公司文艺会演夺标

三气竞树感慨多，夺魁汇演续吟哦。
取材电建争标事，谱曲公司砺伍歌。
娇柔舞影偕地利，雄壮歌声共人和。
职工文化鸣箫鼓，浴火重生剑正磨。

注：三气，指企业要有名气，队伍要有士气，职工要有志气。

浴火重生，指公司由水电建设转为火电建设。

工地新年

工地新年喜乐多，风情百种惠风和。
焊机奏起阳春曲，吊臂传来下里歌。
素炒红烧呼美酒，张灯结彩贺娇娥。
今宵千里桃符换，爆竹声中又举戈。

注：贺娇娥，新婚的新娘也到工地过年。

银川基地

（一）

公司位置在青峡，地处偏僻造落差。
电话传接经镇转，交通输运绕山爬。
双肩担责奔天地，一念图强弃井蛙。
岂被浮云遮望眼，不负凤城报春花。

（二）

傍水依园好住家，凤凰南路自繁华。
渠边弄影千株柳，湖畔萦烟百树花。
健朗书声披晓日，翩飞歌舞醉流霞。
清风拂去一身土，小舍悠然细品茶。

苏州东山宁夏电力宾馆

莫厘峰下电之家，概日凌云映碧霞。
谷应山鸣揣热血，峰回路转踏霜花。
泪雨冰清谁言苦，长虹气正自莫夸。
柔情瘦骨精魄在，托起朝阳庆芳华。

电建娘子军

不让须眉俏工装，春华云志自坚强。
银花闪烁筛疏影，火树斑斓泛暗香。
塞北风寒衣上雪，岭南月皎梦中娘。
倾情总把心痕掩，甘舍小家泪轻藏。

注：电建工地的女工是最值得赞颂的。

高压焊工

弧光闪闪耀尘寰,工匠精神故事传。
浩气凌云狂想曲,清音悦耳大和弦。
焊枪飞舞兰图秀,射线揭开绮梦圆。
待到水压完试后,举杯同庆泪花旋。

女质检员

巾帼质检敢发声,大计千年引共鸣。
标准检查说铁面,违章发现看金睛。
偷工减料强光曝,舌战唇枪近理争。
电建女儿豪气在,托起朝阳蕴真情。

安监员

铁面柔肠不索夸,肩扛使命写芳华,
情牵工地迎晨旭,梦枕厂区望月芽,
纠正违章言厉色,查出隐患脸飞霞,
安全织就天罗网,守护幸福千万家。

后勤工作

后勤工作本艰辛,行住吃喝琐事频。
抖落霜灰无怨气,迎来月影有精神。
两区服务红霞暖,多地装台皎日新。
长秉丹心情未了,芳华吐韵酿成春。

注:后勤工作包括食堂、医院、幼儿园、卫生、绿化、物业等方面;两区,青铜峡和银川职工家属居住区;多地,指多个项目工地。

农　场

盈门滩上话农桑，蔬稻花开果亦香。
汗水斜晖蒸落日，银镰弯月画霄光。
家庭稳定带情暖，工地支援挂意长。
最是黄河宏梦远，青峡击鼓任诗狂。

庆功会

宁夏青铜峡唐渠电站

机组轰鸣晓雾开，唐渠电站献歌来。
溯源牛首吟旧曲，击水青峡酿新醅。
锣鼓声声传峻岭，旌旗猎猎耸高台。
明朝展望鲲龙跃，绮梦圆时意满怀。

陕西神木店塔电厂

习兵窟野绘新图，剑挑骊龙颔下珠。
石峁柔情捧桂酒，神松侠骨唤金乌。
年轮屈指说朝暮，步履回眸道浅浮。
经年方略恭立雪，浴火重生鼓与呼。

宁夏石嘴山全国燃煤设计示范电厂

丹青塞上写峥嵘，示范全国享美名。
挥汗骄阳说毅魄，披襟皓月蕴深情。
心圆绮梦灯千户，泪煮青梅酒百觥。
敢负拼搏揣热血，云帆直挂启新程。

浴火重生

浴火重生热泪凝，穿云破雾起鲲鹏。

青山眼底勤收取，铁马塞边任卷腾。

敢向苍穹舒浩气，换来红日化心灯。

直须寄语强功练，梦染神州靓九层。

七律·赞俊辉、俊耀（东正）兄弟途经张家口救遇车祸南开大学袁超磊副教授（新韵）

2021年5月2日

曾经军旅数十春，褪去戎装本色存。

大爱双肩犹敬业，柔情满腹亦求真。

南开教授遭车祸，京陕弟兄救陌人。

张北途中一善举，唤的正气满乾坤。

七律·天问一号"祝融车"成功登陆火星

2021年5月15日

着陆荧星赞祝融，伟哉华夏叩苍穹。
索奇可写千秋史，探奥当彪百世功。
监测传图天地外，巡察量璧绛河中。
国人今日齐慷慨，椽笔凌云唱大风。

注：荧星，荧惑星，即火星；绛河，即银河。

七律·有朋自远方来

2021年5月26日—30日王平夫妇自银川来西安。

陕西历史博物馆感怀

时空穿越于无声，寻渡方舟史海行。
夏皿商铜秦汉俑，周垣魏陌宋唐旌。
沉浮万象乾坤大，冷暖千姿日月明。
梦落长安多少事，春秋叠印蕴深情。

到碑林

千年真迹墨痕香，五代宗师荟一堂。
柳骨颜筋惊鬼魅，苏肥佶瘦耀星光。
绝伦镌刻通秦汉，俊逸兰书出晋唐。
只憾今人疏此道，权收拓本作珍藏。

七律·宁夏行

2021年6月25日—7月3日洛飞、俊芳、祝华、凤林到宁夏，受到王平夫妇及凤民、永忠、建芳和宁夏朋友们的热情接待。

闽宁村

贺兰东麓一新城，示范扶贫早有名。
戈壁追风山海舞，塞上圆梦凤凰鸣。
鸿鹄云翔三千丈，长车电掣九万程。
欣荣草木频点赞，心有黎元闽宁情。

贺兰山岩画

时空变幻似烟消，岩上斑斓画多娇。
人面清晰欣自在，兽身矫健乐逍遥。
洪荒远古容山野，生态胚浑忆海潮。
神迹太阳流岁月，石刻丹青唱风骚。

贺兰山岩羊

驰骋峭壁陡崖间，塞上青羊喜跃攀。
雨雪常侵身愈壮，饥荒屡顾性尤顽。
长犄稚气青石顶，大眼童真碧水湾。
博士风追轻对语，回眸再眺贺兰山。

宁夏同心红军西征纪念馆

漫卷西风号角鸣,红旗指处赤云横。
雷奔浊浪三千尺,电掣长空一万程。
回汉团结敲玉振,军民合作响金声。
艰辛拓展苏区地,喜看同心举钺旌。

同心清真大寺

高台揽翠记沧桑,大寺垂名远朔方。
宝顶九脊流紫气,砖雕三拱衍真光。
念斋礼课朝功久,诵赞书读智慧长。
自治先声鸣豫海,一庭风雨古兰香。

注：宝顶,元宝顶,卷棚顶的别称。同心清真大寺为传统的中国古典式建筑式样,挑梁飞檐,歇山起脊,形制颇具故宫太和殿之势。是一单檐歇山顶式建筑,由一个卷棚顶和两个九脊歇山顶前后勾连。将中国传统的建筑风格和伊斯兰装饰艺术巧妙地融为一体。

六盘山上庆祝中国共产党 100 周年华诞

漫起花儿上六盘,心潮澎湃九霄旋。
西风漫卷红旗举,铁戟回舒火种传。
战鼓频听鸣岳外,苍龙喜看缚峰前。
而今再走长征路,万众高歌庆百年。

隆德红崖村

隆德城畔美村崖，街巷沧桑景漫夸。
老树红墙多护佑，古钟枯井渐升华。
园中闲客宜尝酒，竹下良俦好伴茶。
时光穿越寻质朴，等你前来话桑麻。

登黄河楼

屏开四野揽金阳，脚下氤氲傲穹苍。
山畔昊陵承雪雨，云边关隘沐风霜。
歌随大漠晴岚瑞，韵在长河紫气祥。
剪绿裁红川弄色，丹青塞上满庭芳。

过青铜峡古镇

青铜斧举一川悠，秦汉唐渠画意稠。
十里长峡浮野趣，卅春烟雨淡乡愁。
铁桥功冠清音远，群塔名垂玉带柔。
最是明珠东岸柳，只待春风迎宾游。

注：铁桥，修建青铜峡水利枢纽工程时所建，原是铁路桥，现是文物。群塔，108塔，喇嘛塔，中国群塔之最。明珠，青铜峡水电厂，被誉为塞上明珠。

水洞沟文化遗址

土林峡谷朔方间，遗址文明载史前。
大漠长城飞皓雪，高崖兵洞御狼烟。
红山湖里云船荡，青苇林中鹭鸟喧。
静谧神怡藏古朴，驼铃阵阵惹流连。

七律·贺高兴中考喜得670分

2021年7月16日

踏浪龙门似有神，贺君折得一枝春。
杏坛升日弦歌悦，绛帐开期教诲谆。
纵马书山红烁烁，扬帆学海碧粼粼。
放飞鸿鹄青云去，天道酬勤见本真。

七律·白鹿原鲸鱼沟

2021年7月17日

壑谷风生动万竿，平湖野碧笼霞烟。
神鲸浅卧黄泥里，白鹿深藏绿叶间。
浪静时闻鱼跃水，林幽总赏鸟拨弦。
飞流双叠摇晴雨，北韵南情一洞天。

七律·宁夏六盘山

2021 年 8 月 7 日

高路盘盘势有形，松涛澎湃任阴晴。
烟浮华岳三峰小，雾笼萧关大漠平。
峻峭缸山闲隐见，蜿蜒泾水自虚盈。
怀思万里心激越，绝唱千秋塞雁鸣。

七律·无　题

2021 年 8 月 29 日

万物知秋各自忙，东篱疏影黯神伤。
人生有苦犹无际，天道无为却有常。
铁骨一身披暮雨，柔情三匝泣寒霜。
佳音清磬调琴瑟，手挽朝霞岁月长。

七律·喜迎神舟 12 号宇航员回家

2021 年 9 月 17 日

驾雾腾云岂等闲，青空小住赤轮间。
苍茫银海说奇迹，浩荡罡风诵丽颜。
锦瑟昨和舒壮志，玉笛今奏过雄关。
神驰昊宇迢迢路，星月扶摇任去还。

注：赤轮，太阳的雅称。语出：清沈名荪，《悯旱》诗："其奈望雨雨竟绝，赤轮天半高悬悬。"此处借指太阳系。

七律·孟晚舟回国

2021 年 9 月 24 日

搏浪击风北美洲，丹青不渝几春秋。
凛然正气吟苏武，淡定精神赞晚舟。
破阵倚天挥利剑，拿云振臂战顽酋。
狂飙直向苍穹去，一抹红色唱自由。

七律·十四届全运会

2021年9月15日—27日西安

击鼓鸣铙待贵宾,长安全运舞缤纷。
迎风搏雨龙追梦,破雾穿云凤竞春。
灯火生辉梳倩影,弦歌回荡长精神。
健儿勠力彰奇彩,体育强国万象新。

七律·祝华66岁生日

2021年10月15日

过隙白驹六六秋,青丝映镜鬓霜柔。
心中岁月风和雨,眼角沧桑喜或忧。
碌碌耕耘真爱在,殷殷奉献至情流。
乐笛弄晚南山舞,琴瑟和声贯斗牛。

七律·贺神舟 13 号胜利升空

2021 年 10 月 16 日

苍穹问鼎浩歌飞，翟组乘风上翠微。
揽月轻拂仙子泪，摘星再试宇航衣。
须眉铁骨青云度，玉女柔肠紫气围。
银汉清茄梦寥廓，天宫舱内尽朝晖。

注：翟组，指翟志刚，王亚平，叶光富三人航天组。

七律·看全国第 11 届残运会暨第 8 届特奥会开幕式直播感

2021 年 10 月 22 日

健儿残奥奏和声，似火榴花最动情。
短角频吹登朗玛，长弓劲挽战西京。
梅经雪压香方溢，人受天磨志未平。
点亮彩虹风雨后，启航大爱写峥嵘。

注：年逾古稀的劳伦斯世界体育奖年度体育时刻奖得主"无腿登山家"夏伯渝 2018 年 5 月 14 日登顶珠峰。开幕式展演中，他携登顶时所带的国旗与观众见面。

七律·四大佛教名山

2021年11月6日星期六

五台山

清凉世界曼殊宫，挂月撩云耸昊穹。
古刹曙烟凌五顶，梵音清磬绕长虹。
得教莹目思兼悟，闻善行心时与空。
智润八荒存毓秀，慧施四面荡祥风。

峨眉山

峨眉西耸秀巴川，金顶佛光烁普贤。
云锁幽深藏翠瀑，雾浮静寂隐祥烟。
理德钟磬响三界，行愿明灯照九天。
芳径灵猴生妙趣，清风朗月觅诗仙。

普陀山

仙山海上拜观音，绿掩莲台气象新。
波浪澹梳波抱日，洞潮叠绕洞含春。
普渡众生缘千手，不离净土顺万民。
磐陀心字观自在，华顶云涛洗凡尘。

九华山

袅袅禅音袈杖摇，芙蓉九朵入云霄。
杜鹃花艳文殊种，翠竹枝繁地藏浇。
明镜非台崖晏坐，菩提无树果萍漂。
心发宏愿难成佛，度尽群生业障消。

七律·赞乒坛五朵金花

2021 年 11 月 30 日

叱咤乒坛五朵花，扬威四海敢拼杀。
台前闪电逐新梦，拍下狂澜唱玉笳。
世锦登峰华夏赞，奥林折桂世人夸。
手心红日才托起，万里晴霄灿碧霞。

注：五朵金花：陈梦、孙颖莎、王曼昱、王艺迪、陈幸同。

七律·无　题

2021 年 12 月 9 日

闲理纷繁竟忘时，钩沉往事愧知迟。
揽月流光梦三郡，吹筠画意唱一枝。
纵使浮云遮曜日，依然飞雪绽芳姿。
寒英定解心头事，我共烟霞赋好诗。

七律·长安大明宫

2021 年 12 月 10 日

龙首塬原望帝京,几多风雨筑宫城。
含元殿上沧桑事,丹凤门前盛世名。
烽火残垣新雪厚,悲歌余韵冷云轻。
梨园旋舞霓裳曲,太液春回燕语声。

七律·冬　至

2021 年 12 月 21 日

阴盛之极始唤阳,三秦逢九朔风狂。
冰心冻柳凝寒气,玉骨腊梅复厚霜。
渡尽劫波曾逐鹿,化为春水更传觞。
心约寅虎冲天啸,娇耳怀情暖意长。

邵总冬至高兄赐诗原韵奉和:

节逢南至饮微阳,不复当年酒后狂。
岁暮江南常雨雪,身闲世外感星霜。
曾怜狷骨空弹铗,堪笑谄颜争献觞。
来日天光延一线,今宵无寐夜偏长。

七律·荧屏观元旦升旗仪式

2022年1月1日

霞晖紫禁曙光迎，虎气东来号角鸣。
步踏风云追日月，肩担社稷筑长城。
丹心炽烈红旗舞，铁血奔流热泪盈。
逐梦黎元开画卷，狂飙一曲唱和平。

七律·观电视剧《功勋》

2022年1月18日

青春碧血有担当，大任荣肩砥柱强。
热弹卫星呈巨献，青蒿金稻写华章。
隐名壮士初心守，亮剑巾帼使命扬。
鸿鹄神州盈正气，凌烟阁上国脊梁。

注：剧中讲述八位共和国勋章获得者的故事：于敏、孙家栋、屠呦呦、袁隆平、张富清、黄旭华、李延年、申纪兰。

七律·赞中国女足亚洲杯夺冠

2022年2月14日

绿茵场上起旋风，绽放玫瑰耀眼红。
羽箭击盔施妙策，坤刀扫甲建奇功。
喜捧九冠心犹远，神逆三球意未穷。
劈路丛林甘浴火，投身足域傲苍穹。

七律·上元佳节抒怀

22年2月15日

玉鼓喧歌唤早春，芙蓉灯会景迷人。
冰轮似水流轻梦，火树如花荡世尘。
美酒重温滋味厚，汤圆慢煮话题亲。
殷勤絮语抛浮虑，霁后长安气象新。

七律·贺冬残奥会开幕

22年3月4日

同心筑梦雪容融，笑傲京华唱大风。
气壮梦逐天地阔，身残志唤胆魄雄。
盲点圣火连丹阙，绽放烟花烁紫宫。
冰塑五环春意涌，蛰龙昂首跃苍穹。

七律·三亚防疫管控有感（4月2日—20日）

2022年4月18日

锁院封区疠瘴浮，椰风碧浪少人游。
路边闲看红花寂，窗外忍听翠鸟啾。
鹭岛一音鸣鼓角，战袍五色斩魔头。
唯期紫气东来早，静待祥云绕九州。

注：战袍五色，指战疫白、暖心橙、守护蓝、志愿绿、共济黄。

七律·弯子木

2022年5月1日

东风着意绽芳华，吐萼含苞美可嘉。
灰褐曲条萦瑞蔼，明黄圆蕊化金霞。
果如吉贝房藏絮，冠似玉茗雀恋花。
醉赏依云弯子木，诗心一片寄天涯。

七律·写在母亲节

2022年5月8日（壬寅年四月初八）

春晖难报是慈亲，水远山高古至今。
育子霜添双绺鬓，持家尘累一颗心。
情牵日月补天石，爱化乾坤定海针。
康乃馨花盈素意，紫萱佛韵九垓吟。

七律·庆祝共青团成立100周年

（1922年5月5日—10日广州东园）

2022年5月10日

薪传五四向红船，帜跃东园别样妍。
击碎鲸鲵驱寇虏，放飞鸿鹄扫狼烟。
雷奔大浪三千丈，电掣长风一百年。
自为人生揣热血，江山跬步竞新天。

七律·写给高兴 16 岁

2022 年 5 月 29 日

缤纷幻影最无常，闻道求知辨渺茫。
天色昏昏当警惕，心灯熠熠不彷徨。
云涵帆过飞霞蔚，风扫江开展画廊。
大事人生须自为，河山跬步少年强。

七律·榴　花

2022 年 6 月 10 日（农历五月十二日）

翠微丛里夏花鲜，丹若朝霞五月天。
浩宇真情浓似火，沧波逸雅淡如莲。
灵根铸就祥瑞起，硕果修成子孙延。
领雀吟啼萱室忆，风排香阵不能眠。

七律·祝华种菜

2022 年 6 月 29 日

木箱屯土效农家，播种施肥乐趣加。
绮梦一帘挥汗雨，新莺百啭沐云霞。
幼苗露润初铺秀，细叶风摇正吐华。
莫笑楼台忙早晚，邀来邻里共桑麻。

七律·陕菜探秘 157 站蓝田夜谭白鹿原

2022 年 7 月 20 日

熏风古道向蓝关，英者茁其忆辋川。
东访猿人谒祖寺，西临白鹿浴汤泉。
厨乡美味迎佳客，玉岭秦音诵锦篇。
霓彩迷离疏影俏，斑龙缥缈上林仙。

注：斑龙，鹿的雅称。

七律·捷夫赠书《梦宴》有感

2022 年 7 月 31 日

木屋小聚阅新章，和奏韶华暖意长。
怀远挥情频把酒，登高宴梦几回肠。
借的日色追寰宇，扯起霓虹越汉唐。
诗兴放飞寻雅韵，心花摇曳绘云裳。

七律·中国人民解放军建军 95 周年抒怀

2022 年 8 月 1 日

又喜军歌响碧空，芳华血火铸丰功。
煌煌战史千秋炳，猎猎麾旌九域红。
诗入云端长仰首，情萦心底久追风。
五洲时感沉雷动，四海烽烟又几重。

喜迎党的二十大有感（新韵）

2022 年 9 月 6 日

红船破浪构尧天，砥柱中流浴血篇。
防疫清零情与火，扶贫精准暑和寒。
鼎新革旧乾坤泰，继往开来岁月安。
醒狮崛起参北斗，再唱山歌祝梦圆。

七律·文青来陕工作

2022 年 9 月 26 日

正是菊香水碧时，文青入陕惹来思。
贺兰素志银花艳，敕勒激情火树奇。
寂寂古峡忆故旧，巍巍大岭写新词。
铎铃不改当年韵，再唱东风第一枝。

七律·吃 蟹

（祝华生日，东山寄来闸蟹）

2022年10月15日

堆盘红馥玛瑙光，坤月膏肥菊满黄。
渭水诸君应有幸，太湖公子不须霜。
琼脂熔腹唇沾露，嫩玉凝螯齿带香。
神物南山酬寿酒，长歌一曲醉斜阳。

注：坤月，农历十月；菊，菊月，农历九月。

七律·悼念秀贞老同学

2022年10月26日20时21分老同学常秀贞突发疾病，不幸去世。

湖城画笔挹馀芳，谁料兰摧一夜霜。
雨覆三山天泪落，风摇九曲地心伤。
音容无语消远岫，笑貌有声挽斜阳。
几度怆然思往事，丹青水墨话凄凉。

注：三山：六盘山、南华山、贺兰山。

七律·忆江泽民总书记到青铜峡水电厂

2022年11月30日

1991年6月,江泽民总书记视察青铜峡水电厂。

雄峙青峡控浩茫,九渠之首绽芬芳。
机房笑语怡心暖,坝上欢声喜气扬。
世事常思牵远目,民生最念见柔肠。
遥怀当年情激越,丽史流传润朔方。

注:九渠,指唐徕渠、大清渠、汉延渠、惠农渠、(昌润渠)、秦渠、汉渠、(泰民渠)、西干渠。

七律·心　语

(写在与祝华结婚45周年)

2022年12月9日

梳云望月语春秋,拨雾顺风意且柔。
一伞同遮风雨路,两情共渡芷兰舟。
缘来得福吟佳句,爱至盈庭展玉喉。
蓝玉开眉红烛剪,和鸣琴瑟百年酬。

注:蓝玉,蓝宝石。

七律·壬寅岁杪感怀

2022 年 12 月 31 日

复笼尘霾岁杪时，云开雾绕任天知。
紫茗一缕衷情诉，锦瑟无弦旧梦辞。
漫舞壬寅千叶曲，遥呼癸卯百川诗。
风梳杨柳翻新色，不负江山绽万枝。

七律·罗敷华山御温泉

2023 年 1 月 26 日

合园眺望华山姿，敷水汤泉四九时。
尽滤凡尘得静养，皆皈世外享欣怡。
雾浮玉液寒宵远，香沁红亭静夜思。
最是悠然真乐处，两重冰火赋瑶池。

注：合园，指华山御温泉合欢苑。敷水，罗敷镇历史上曾称敷水。

七律·贺张守庆院长 80 寿诞

2023 年 2 月 11 日

岁月沉香乐自然，今逢八秩梦徐圆。
搏击沧海三千里，开拓人生一片天。
荡气龙江松雪美，放怀椰岛浪花妍。
喜看孙辈膝前绕，笑写春秋二百年。

七律·有 感

2023 年 3 月 2 日

今日，老友永莱总来家看望。一别有十余年了。

风生大岭正青春，水起龙江又启新。
云岸潮平观四海，琼枝梅艳问三秦。
回眸步履徐圆梦，屈指年轮不负人。
叙旧闲谈追往事，融融陋室笑声频。

七律·癸卯惊蛰

2023年3月6日

天鼓初鸣醒百虫，皇都嫩柳舞东风。
寒梅含笑化青野，酥土开怀向碧穹。
花始芳菲情恰恰，日趋煦暖意融融。
知时桃李初争艳，川冈犁影入画中。

七律·春游兴庆宫公园（新韵）

2023年3月30日

情结兴庆晓春初，满目红黄绿紫浮。
天籁声中莺燕舞，霓裳曲里柳烟舒。
沉香故地寻唐韵，花萼新姿识篆书。
最是荆桃纷吐艳，郁金香绽绘芳图。

七律·西安交大127周年校庆

2023年4月8日

双甲七年淑景开，八方学子献歌台。
浦江树蕙达人范，秦岭滋兰正者才。
华夏情怀金玉振，黉宫声誉木铎徊。
喜听雏凤清音唱，裕后光前活水来。

词

忆江南·丹东印象

2011年7月

国门下，思绪复如涛。铁马金戈从此渡，遏云呐喊卫中朝。浴血凯歌豪。

江桥断，千载响云寒。战火烽烟铭壮志，丹心清骨驻尘寰。重彩染青山。

边城美，暖翠锁岚烟。潋滟波光幽似梦，太平湾里钓云天。景色异国添。

满庭芳·大连庄河冰峪沟

2011年7月

峡谷嶙峋，画帘半卷，百姿千态玲珑。纵舟飞浪，突兀见奇峰。石影天光变幻，抬望眼，韵有谁同？悠然处，芊芊照水，漫步入瑶宫。

喜湖波似镜，银瀑如练，般若梵钟。叹两河盘绕，手挽松风。指点鸡鸣旧舍，多逸事，豪气犹雄。尘嚣泯，岚烟暖翠，九寨誉寰东。

望海潮·宁波奉化滕头村

2011 年 10 月

　　世博撷秀，意逐神往，呼吸生态滕头。白鸟迎宾，红鱼戏水，将军林掩雕楼。金桂雨中幽。碧波赋清韵，仙境何求？一叶云帆，剡溪江畔，竞风流。

　　欣然绿色追求。看农工并举，科贸同筹。境界横开，情怀浅唱，丹心笑傲晴柔。低碳写春秋。品味桃园意，绮梦回眸。再奏龙腾新曲，天籁响神州。

水调歌头·三亚平安夜和兆碧（原韵）

2011 年 12 月 24 日

海角天涯美，把酒向秦关。心托白鹿传信，今夕祝平安。鼓瑟高山流水，愿做陶然一醉，纵有真情还。灯火斑斓夜，雅韵化流丹。

云开处，风重起，志何残？狂飙尽扫烟雨，长啸自无闲。日出青波金透，淡淡余愁了却，浩气越冬寒。侧畔千帆竞挂，梦染凤凰山。

兆碧《水调歌头·西历平安夜有赋》：

岭路尚荒梗，匹马驻秦关。恍然今夕何夕，大梦醒槐安。举目琼楼花雨，侧耳朱门歌舞，客久已忘还。铁骨凌霜色，枫老树流丹。　对寒风，搔蓬鬓，笛吹残。向来烟雨萧瑟，回首未应闲。何计百年契阔，犹剩拿云心事，此际朗吟寒。灯火平安夜，把盏望家山。

水调歌头·晏奉梅油画展有感

2012 年 7 月

画到传神处,气概撼秦川。罡风抖擞一唱,倩影入晴岚。欣看云腾雾漫,巧借虹描霞染,痴醉意如绵。笔底呼星涌,俪梦化青峦。

舒琴韵、怀远古、莫等闲。无忧兴落,独蘸泾渭点方圆。慰籍柔肠如水,砥砺冰心似玉,放舞毕生缘。翰墨花千树,啼血绘江天。

水龙吟·曲阜

2012 年 10 月

千秋仰止先师,哲思浩瀚存高远。诗书赞舍,易经释解,春秋订撰。礼乐重修,善言群记,至成经典。大道风骚领,悬音在耳,人鼎沸,圆心愿。

曲阜名扬华苑。历霜烟,新姿尽展。泮池绿映,杏坛红秀,尼山烂漫。斗角钩心,御亭飞巧,韵回桃扇。览圣贤故里,源头活水,洒神州遍。

望海潮·武当山

2012年10月

太和玄武，仙山名远，斋醮四海朝宗。金殿凌虚，紫霄错峙，琼阁耸立群峰。大器展苍穹。品遗韵天籁，音诵云中。济世澄怀，玉植灵秀，问神农。

未来传统交融。创武当拳剑，本末相通。汲古精华，太极八卦，振扬奥运雄风。大道贯长虹。薄雾近芳馨，心意葱茏。七色秋光点染，圆梦击晨钟。

永遇乐·神农架

2012年10月

名冠神农，华中屋脊，横亘江汉。玄武行藏，屈原遗烈，溯古人文远。史诗吟诵，野人追忆，大美自然长卷。意苍莽、风摇雾锁，磅礴四季缥幻。

连香绽彩，珙桐滴翠，千岁杉王罕见。仙鹤梳翎，潜龙嘘气，击鼓银珠溅。天桥飞渡，香溪孕秀，万壑层林尽染。情深处、金猴嬉戏，九湖唱晚。

沁园春·峨眉山

2012 年 10 月

拔地蜀国，广袤雄幽，仰慕四方。润洪椿晓雨，灵岩迭翠，秋风白水，韵澈悠长。山势巍峨，峰形眉绣，鬓黛遥妆姹紫藏。观云海，显神灯妙相，金顶佛光。

亘古奇秀穹苍。引无数文人墨客狂。有乐天元慎，酬情唱和，东坡咏月，怀故思乡。一代诗仙，明心喻志，呼唤半轮对玉觞。秉真性，瞻普贤圣象，祈佑炎黄。

注：取意李白《峨眉山月歌》："峨眉山月半轮秋，影入平羌江水流。夜发清溪向三峡，思君不见下渝州。"

蝶恋花·青龙寺观樱花

2013 年 3 月

好寺樱花千百树，尽染东风，人在花中渡。普像绛云多有趣，贵妃飞雪欣无数。姹紫嫣红霓裳舞。处处流连，不忍轻移步。竞第芳菲声落雨，繁华弹指何人悟。

注：普像、贵妃皆为樱花品种。

水调歌头·澳大利亚—新西兰游

2013年4月6日—17日

与宁夏朋友一行22人到澳大利亚—新西兰墨尔本、凯恩斯、布里斯班、黄金海岸、罗托鲁瓦、奥克兰、悉尼12日游，有感。

（一）

夙愿开心趣，结伴大洋洲。赤橙黄绿蓝紫，水墨异国秋。沙岸白鸥含意，草场羊驼吐韵，树上考拉悠。裹雾温泉美，小镇雨声柔。

摩尔望，珊瑚秀，举轻舟。冲浪健儿横纵，潇洒竟涛头。情领濛濛湾港，云映依依帆影，如醉摄歌楼。放浪南洋舞，堪比少年游。

注：摩尔，摩尔礁。大堡礁中的一个珊瑚礁。
歌楼，指悉尼歌剧院。

（二）

日暖疏芬矿，万里采金忙。银湖晶瀑红叶，花韵揽心房。华纳飞车动魄，南岸公园遐想，伊甸醉斜阳。大堡历风浪，红树笑癫狂。

夸雕刻，观战舞，毛利强。蜡像杜莎唯妙，谐趣两农庄。莫瑞含馨画卷，华卡吐芳倩影，石椅诉衷肠。登塔携云蠹，纽澳阅风光。

浣溪沙·高兴七岁

2013 年 5 月 29 日

五月榴花正飘香，书声朗朗绕屋梁。去年高兴上学堂。海阔但凭鱼竞跃，天高尚任鸟争翔。过隙白驹勿徜徉。

渔家傲·成都黄龙溪镇

2013 年 10 月 2 日

木板吊楼勾画语，青石小径觅诗句。十古一衙添史趣。清江渡，赤水汇流龙首举。

闹市倚河人鼎聚，蜀音揽梦风和煦。尽洗凡尘茶润雨。排队去，长面一根华夏誉。

临江仙·观窗外红叶

2013年11月1日

泛美花园小区南墙爬山虎的叶子红了,一大片,煞是好看。

窗外金风轻带雾,凭栏色漫斜阳。飞红如瀑挂南墙。秋来生瑞霭,试共舞霓裳。
如火岁情谁能会,柔枝一梦余香。飘然落叶正牵肠。灼灼燃故韵,沥沥育新芳。

临江仙·三亚老教授活动中心

2014年1月9日

遍洒斜阳皆浪漫,抒慷慨、凤凰山。情飞椰岛意蹁跹。霓裳翔幻梦,剑影壮瀛寰。
萧疏往事知爱晚,风云侣、恋齐肩。霞扶白鹭韵悠然。精英相引灌,九域阅华年。

临江仙·漫步三亚临春河畔白鹭公园

2014年1月21日

漫步临春撩客趣,云浮日影悠然。姿摇"九树"凤凰山。清波白鹭动,花径绿椰悬。

晨露舒怀街舞闹,晚风着意歌喧。香飘一路蝴蝶兰。橘红辞旧岁,鸢翱贺新年。

念奴娇·重游三峡大坝

2014年9月16日

目极坛岭,正两岸弄翠,大江流碧。炫日长虹飞渡处,出海蛟龙跃起,波咤风雷,涛腾紫气,雨雾连珠玉。高峡寻梦,心香神女遥祭。

曾记击水中流,看石攩浪遏,恢宏奇迹。扬首凌空,酬凤愿,灯火万家生熠。执子同游,当闲庭信步,引歌觅句。凭栏抵掌,汽笛声彻天际。

桂枝香·到荆州

2014 年 9 月

登临送目，览绿水环城，驰思怀古。熊侣中原问鼎，霸旗直矗。不平犹是朝天问，与谁知？叹求索路。义凛关帝，妙文袁氏，史书难足。

我来也，相邀太岳，唱边塞诗歌，同岑参舞。再奏章华鼓罄，漫萦荆楚。青山几度白云去，意蹁跹，赤子情愫。启征舒卷，帆扬虎渡，《离骚》新曲。

虞美人·三亚临春村元宵节有感

2015 年 3 月 5 日

轻岚圆月木棉俏，又把元宵闹。灯花火树糯香新，趣味浓浓低首解谜尘。

几分得意随风去，自笑书生气。幽怀说与报深恩，情致深深抬眼望慈云。

庆春泽·高氏家人聚会宝鸡

2015年5月1日

高氏家人50口聚会宝鸡(古称陈仓),五世同堂,长者93岁高龄,五世孙近2岁,感慨万分而作。

高氏家声,繁衍九域,溯渤海脉炎黄。擒虎奔戎,女中尧舜留芳。秋甫集外《红楼梦》,燕歌行中尚书郎。厚余长。作室高元,华夏之光。

离濮上打拼甘陕,卧霜抒旷志,追赶朝阳。后辈叠出,流金岁月铿锵。犹欣飞剑珠花溅,已聆雏凤壮歌扬。聚陈仓,把酒临风,五世同堂。

鹧鸪天·相聚

2015年5月1日

五世同堂一脉传,宝鸡微信唤团圆。祖孙牵手欢声醉,叔婶举杯笑语甜。

情切切,酒酣酣。泪花闪闪忆当年。四方兄妹来相认,守望心中那片天。

鹧鸪天·三爷爷、三奶奶及三位婶婶

2015 年 5 月 1 日

　　鲐背三爷性率真，相携三奶老愈亲。开枝凤舞一门户，散叶龙腾五辈人。

　　施大爱，度艰辛。天心婶婶各争春。云飞万里来乡土，恩报千年谒祖根。

　　鲐背，指九十岁的长寿老人。

鹧鸪天·祭祖

2015 年 5 月 2 日

　　高祖仁德佑后人，坪头岭上绿森森。滔滔渭水真情寄，袅袅香烟往事吟。

　　三叩拜，泪湿襟。几回魂梦送梵音。苍山阔野新篇续，忠孝儿孙自在心。

鹧鸪天·活动组织三剑客

2015年5月3日

高氏巾帼剑客仁,丝丝秋风数新华。经商办企陈仓誉,作画习歌大岭夸。

寻故迹,乐农家。恳亲渭水美无暇。心倾共续春秋史,忘却年龄辈分差。

鹧鸪天·夜话家常

2013年5月3日

血乳亲情落泪收,夜语家常化娇柔。几多旧事频相忆,些许新闻每竞浮。

酬岁月,问神州。更喜根脉叶茂稠。话长愈见缱绻意,朗月清风入小楼。

鹧鸪天·写给高兴 9 岁生日登华山

2015 年 5 月 29 日

(一)

攀陟岩端蔚壮观，群峰簇拥刺青天。才听玉女吹箫曲，又见金翁论剑篇。

穿小径，过危岩。徘徊举步手儿牵。精神抖擞"七星"抱，神斧一抡帅华山。

(二)

脚踏流云志气豪，浩天何惧华山高。苍龙岭下说韩愈，金锁关前赞吉尧。

惊栈道，险还腰。贴肩擦耳汗花飘。人生意义行方悟，入望莲花渭水遥。

注：七星，指宝剑。在华山山顶给高兴买一小剑，他十分喜欢一直抱着。

水调歌头·富平

2015 年 10 月 5 日

名邑关中有,富庶太平冲。荆山始祖称颂,九鼎耀苍穹。晴眺五陵秋色,霞蔚锦屏列翠,玉带宛长虹。"故事"扬陶艺,石刻唱阿宫。

说王翦,谈因笃,赞习公。两当豪气犹在,策马陕甘雄。吟诵南湖遗韵,笑语仙坊绮梦,幽趣意方浓。望斩城祥瑞,华夏正东风。

水调歌头·登临春岭

2016 年 1 月 8 日

三亚临春岭,四季色斑斓。拾阶渐入佳境,步道绕林盘。大叶相思吐翠,荆紫凰红争艳,猴子自怡然。风爽双眸醉,汗雨化歌旋。

欲逐鹿,登塔望,水天间。栉比高楼壮美,道路纵横连。"九树"簇拥王冠,"五凤"瑶台亮翅,海岸走蜿蜒。老矣何堪愧,只要肯登攀。

鹧鸪天·到大茅山庄

2016 年 1 月 10 日

环望茅峰锦绣妆，风生草径恋湖光。随心水畔蝴蝶舞，着意摊前莽果尝。

寻乐趣，入山庄。红花绿树绕楼房。炊烟几处俗尘落，小院一方雅梦藏。

鹧鸪天·环岛游前到晓丽家

2016 年 1 月 12 日

三亚湾前晓丽家，椰梦长廊揽天涯。座中酒暖呼新友，屋内歌甜笑稚娃。

心有寄，梦常赊。敖包一曲蝶恋花。布衣不受浮名束，万种风情唱晚霞。

临江仙·吃饺子

2016年1月19日

猪肉鱿鱼调料酒,韭黄油面葱姜。馅儿巧拌擀皮忙。八仙厨艺展,陈老冠群芳。

生抽米醋成蘸水,辣椒蒜末红汤。碎银斫玉齿留香。停箸回首问,"元宝"有无糖?

浣溪沙·到三亚学院有感

2016年1月25日

水畔花红靓女娇,书山掩翠梦轻摇。狂歌幽径舞妖娆。雕像尊尊留客久,心潮漫漫揽云高。民之骄子唱英豪。

鹧鸪天·三亚福瑞国际小区迎春联欢有感

2016年2月4日

　　福瑞楼前二月风，东西南北喜相逢。声声竹板新家好，朵朵牡丹老友融。

　　模特秀，太极功。挥毫朗诵有儿童。放歌东岸夕阳俏，弄舞天涯晚照红。

渔歌子·乐东随感

2016年2月22日（元宵节）

（一）

　　十五寻芳到乐东，穿街走巷兴犹浓。湖水碧，木棉红。整洁小镇荡新风。

（二）

　　昌化江边竞弄风，尖峰岭下起飞虹。书锦绣，写苍穹。惠民求是慰毛公。

鹧鸪天·三亚半岭泡温泉

2016年3月18日

应锋山相邀我和祝华、庆昌夫妇到半岭泡温泉而作。

落笔山前半岭中,半分瑟瑟半分红。无香碧水抒新梦,含笑斜阳恋旧踪。

追静谧,悟灵空。神仙眷侣意朦胧。池边灯柱清波影,倚看云舒月色浓。

鹧鸪天·与保全小聚

2016年5月7日

校庆后,潘元春偶然得知王保全信息。我与保全、长木、小狄得以小聚,畅叙别离数载同学情。

大隐长安不展颜,茫茫人海巧来牵。芙蓉水绉风中韵,雁塔云低雨里缘。

情缱绻,梦缠绵。保全诙谐话酸甜。冰心齐觅青春迹,霜鬓轻狂忆旧年。

浣溪沙·千岛湖大酒店即兴

2016年4月11日—22日到淳安千岛湖疗养。

(一)

千岛湖边好个春,莺飞草长水潾潾。知时细雨客纷纷。
四野香樟腾翠浪,一坡杜鹃酿红云。醉写清芬欲牵魂。

(二)

绿漫群峰万象收,小楼倚枕看轻舟。瑶台疑到揽芳游。
过眼青春犹宛转,桑榆景色也风流。灯火万家唱白头。

(三)

漫步瀛廊伴香槐,浅品银针入芳斋。致知格物我今来。
心趣几多频咏忆,山花些许每竟开。琴音湖畔纵吟怀。

浣溪沙·千岛湖小岛听雨

烟淡山岚阅格亭,雷轻云黯点心声。宫商角羽竹间听。
小岛结缘湖上纵,长杆追梦岸边横。老翁独钓雨中情。

浣溪沙·千岛湖一游

霞染银盘落玉珠,歌织大坝起宏图。梦飞天外喜华都。

梅岛浮云连海岳,龙山碑寿誉浙庐。悠悠古意自踌躇。

鹧鸪天·西安交大120年校庆书映理老同学

2016年6月6日

交大樱花沐雨新,金城故事问殷勤。扬鞭丝路犹逐梦,吐艳兰山尽阅春。

情里景,画中人。四十四载倍觉亲。温文尔雅天狼射,不负初心见至真。

鹧鸪天·庆七一

2016年6月23日

七月丙申感慨浓,萌漾胸波兴冲冲。轻歌旷意当吟梦,漫舞澄心正举风。

情寄电,气托虹。鬓霜雨洗喜动容。九十五载南湖颂,服务人民未有穷。

临江仙·曲江池观荷

2016年7月2日

夏日曲池添雅兴,一湾荷趣怡情。娇姿嫩粉画丹青。石栏凭倚处,频响快门声。

碧叶清光摇翡翠,红蕾玉立蜻蜓。渚莲弄影阅江行。初心惬远意,不负长安名。

踏莎行·相逢

2016年9月4日

金风衔云,兰山望雁,黄花绿映秋声渐。韶光倒转少年时,几多风雨冲霄汉。

尘事如烟,浮生似电,杯中琥珀情何限。馨香禅境梦犹存,流觞共话初相见。

忆江南·银川好八首（选四）

2016年9月30日

一

银川好，西眺贺兰峰。水洞祖先开社稷，岩石图画望星空。古渡大河东。

旌旗猎，边塞起蕃戎。汉将狼烟守朔月，夏兵烽火战秋风。关隘旧时雄。

二

银川好，凤凰落城中。宝塔巍峨松映日，清渠透迤柳迎风。灵武有唐踪。

湖光滟，喜鹊唱秋红。土堡影迷情未了，纳家客恋意方浓。昊陵暮天穷。

三

银川好，塞上喜年丰。涌浪稻菽迷客眼，飘香瓜果沁人胸。鱼蟹潜湖中。

葡萄紫，东麓酒庄雄。枸杞流红华夏走，鲜蔬滴翠港台通。广场舞婆翁。

四

银川好，处处正青葱。剪片云霞铺塔北，掬杯雨露洒河东。阅海览霓虹。

怅寥廊，绮梦悠然中。缱绻情怀清若水，朦胧往事暖如风。秋色豁心胸。

临江仙·读张嵩会长《渐行渐远集》《散落的羽片》《温暖的石头》

2016 年 10 月 13 日

根系六盘凝梦想，文坛绽露风姿。一支椽笔揽珠玑。数年心血注，硕果满青枝。

欣会师朋得雅著，习读感慨多时。好风帆举浪飞驰。终南学古韵，朔北唱新词。

注：张嵩，任职于宁夏政协，宁夏诗词学会常务副会长兼秘书长。

鹧鸪天·贺"神舟十一"发射和天宫二号对接成功

2016 年 10 月 17 日 –19 日

神箭扶摇鼓纛擎，天宫筑梦赞冬鹏。三舱惬意穿梭进，一吻情深映日明。

追月朗，缀繁星。太空驰骋写峥嵘。文明古国带去问，美丽银河传回声。

注：冬鹏，航天员陈冬、景海鹏。三舱，指返回舱、轨道舱、天宫二号实验室。

鹧鸪天·珠海、深圳、中山行八首

2016年10月28日–11月12日

中国珠海航展

珠海航博唱大风,军旗熠熠在云中。"黑丝"呼啸夺双目,"妞胖"盘旋撼九重。

"彩虹"秀,"战神"雄。"明星"坦克显神通。东风踏破倚天剑,逐梦中华翱宇穹。

注:黑丝(黑丝带),指歼20战机。妞胖,指运20运输机。彩虹,指无人机系列。战神,指轰6k轰炸机。明星,指导弹系列。

中国八一飞行表演队队

划破晴岚五彩妍,穿音曲径隐云烟。狂飙横滚追金虎,魔鬼对冲卷碧澜。

鸽使命,雀飞天。独尊唯我玉钟悬。风驰电掣当空舞,心入凌霄海之南。

英国红箭飞行表演队

九朵霓虹耀翠湾,一行"红箭"上青天。狂风吉普飞花去,筋斗钻石踏海还。

鹄翅滚,酒杯旋。心形浪漫爱横穿。精灵不吝胭脂色,尽染长空水山间。

俄罗斯勇士、雨燕飞行表演队

翥翼风来海岳鸣，郁金花艳羽翎轻。跃升倒转惊天啸，跌降对冲动地声。

勇士纵，雨燕横。镜蛇吐信紫云腾。"星锤""十字""叠罗汉"，·摇落日光骠骑兵。

到外伶仃岛

雾海仙槎瑞景藏，星罗翡翠望香江。拱桥渡水晨钟响，碧浪飞舟玉带长。

圆贝嫩，蟹肉尝。伊甸载情有诗章。伶仃洋上丹心唱，石刻摩崖慰天祥。

横琴长隆海洋王国

梦幻王国秀可餐，风骚独领梦奇观。激情勇士湖中跃，浪漫女郎水畔环。

高帝企，矮神仙。飞越雨林海豚湾。探戈摇滚桑巴舞，迷彩烟花忘流连。

纪念孙中山先生诞辰 150 周年

拯救斯民水火行，为公天下九州兴。兼收新创求真理，屡挫弥坚起纵横。

除帝制。共和生。联俄联共写峥嵘。建国方略蓝图绘，努力仍需唤龙腾。

南山荔林园深秋有感

佳果南山古有名，荔林千树冠鹏城。风泛天香柔春意，国艳酒酣盛夏情。

疏影美，枝干峥。朝阳唤起满园馨。倾心尽享清幽趣，观景豁胸唱康宁。

沁园春·与沈冶夫妇、雪雁夫妇三亚过年有感

2017 年 1 月 29 日（农历丁酉年正月初二）

年到崖州，瑞霭翔空，茆日唱红。望山湾内外，张灯结彩，人声鼎沸，数里车龙。浪漫鲲鹏，芬芳兰蕙，直下椰城唤乐东。斟乡酒，举杯追往事，云涌心胸。

少年挥斥方遒。亮利剑、长缨舞大风。嵌明珠塞上，黄河绮梦，天工新笔，示范寰中。辱宠同行，苦甘共渡，朔鼓惊雷浩气雄。贺挚友，踏碧波万顷，再领艨艟。

鹧鸪天·立春

2017 年 2 月 3 日

三日东君早叩门，虫始鱼陟"打、咬春"。蔬鲜五样宣薄饼，鞭脆一声稼瑞云。

南意重，北情深。鹅黄葱绿喜迎新。人生一世白驹过，欲领风骚尽在晨。

忆江南·到海南昌江棋子湾

2017 年 2 月 14 日

棋湾好，醉美在天然。石怪嶙峋飘碧水，沙奇质软润银滩。逐梦叹波蓝。

棋湾美，举目揽石帆。探海神龟心未老，罗星彩玉身欲仙。情侣正呢喃。

棋湾静，坐享鹭鸥闲。淡看山泉何惬意，乐观棋子自悠然。潇洒远尘烟。

鹧鸪天·到海南东方

2017 年 2 月 14 日

应志诚、欲光邀请"身居南国、梦回秦关"一行 12 人到东方一游。

二月南国塞上缘，明珠八所梦魂牵。频听地馈花梨美，犹见天酬火树妍。

金水岸，银沙滩。海东方里伴云闲。友朋尽诉春风事，玉液含情忆贺兰。

鹧鸪天·贺三亚群众艺术馆开馆

2017年3月19日

　　看罢民俗赏古琴，土歌对唱籁清音。墨花翻浪椰风恋，诗海犁波海韵寻。

　　织锦饰，舞花阴。诸多班次喜人心。千红万紫根群众，文化鹿城享古今。

鹧鸪天·写在父亲诞辰90周年

2017年4月24日（农历三月二十八日）

　　华诞九十笑貌慈，别离八载自怜惜。天涯海角终穷处，赋忆思追怎尽时？

　　怀往事，记依稀。神州挹秀散新枝。曲江池畔曾托梦，霞映兰山影似霓。

鹧鸪天·听李山教授讲《诗经》

2017年4月28日

　　惑困谁析教授行，启蒙引路赴西京。扬鞭久入春秋地，伏案遥思解《诗经》。

　　言语妙，内容精。几多感慨镐都城。欣坐讲堂听书语，响彻神州万壑声。

浣溪沙·城墙遗址公园漫步

2017 年 10 月 16 日

  细雨初停绿草盈，含珠桂子唱金声。满园律动和诗鸣。 欲憩芬芳波澹澹，犹邀绮丽梦轻轻。枝头红柿点秋情。

  谁道秋风送寂凉，殷勤调色紫橙黄。撷摘绿意换红装。 城阙空灵年久远，唐诗浪漫韵悠长。犹闻陶令艺菊香。

鹧鸪天·牛背梁（二首）

2017 年 11 月 6 日

过羚牛谷

  小径蜿蜒大岭迎，飞泉溅石和秋声。流连山色层林染，幻化羚牛断壑行。

  云渺渺，步轻轻。快门着意画丹青。幽思一缕心浮远，庭院农家腊味蒸。

到骆驼峰

  鸟瞰缆车涧壑通，道路弯弯隐仙踪。云增秋气人添爽，叶落风声地揽红。

  浮幻象，喜凌空。群山一览奉瑶觥。骆驼石上天公问，我在巍巍第几峰？

鹧鸪天·写在南京大屠杀80周年国家公祭日

2017年12月13日

华夏追思雪色寒,悲心火沸泣如泉。三山泪落闻鼙鼓,四海血腾响杜鹃。

铭历史,记危安。长歌一曲震苍寰。千羽白鸽冲天去,慰藉英灵划纪元。

沁园春·三亚万科以球会友

2018年1月14日

浪漫天涯,逐鹿英豪,打擂点兵。看巾帼缨举,瑶台揽月,须眉剑亮,银汉追星。挑带拉搓,削推点扣,摆短劈长战术精。南海畔,问擎苍皓首,谁主输赢?

乒乓快乐人生。喜相会、耕耘未了情。有万科知友,热肠古道,众朋毕至,酒煮茶烹。渝陕宁吉,荆花并丽,技艺切磋论纵横。经年后,更身强体健,谱写峥嵘。

沁园春·到博鳌

2018 年 4 月 15 日

四月博鳌，气爽云飘，日朗景明。喜莺飞草长，花繁彩异，宾迎客往，鼓庆茶烹。琼树芬芳，瑶坛音悦，开放包容论互赢。初衷在，领新潮澎湃，震世洪声。

馨香漫步风清，倩影舞，悠然画里行。望层林曲径，方宜揽胜，桥横阁纵，始可怡情。久欲寻奇，洁白玉带，交汇三江海浪轻。谋略定，创千秋伟业，再启航程。

满庭芳·高兴 12 岁

2018 年 5 月 29 日

带点调皮，添些乐趣，探寻寰宇奇葩。弦歌重六，璞玉赞无瑕。回首成长足迹，多少事，绽放新花。东风里，亲恩不负，善美自发芽。

星空抬望眼，宛如流水，绮梦天涯。岁月悠悠去，大浪淘沙。少壮堪当努力，虽辛苦，无悔年华。聆天籁，展开翅膀，风雨揽云霞。

清平乐·六盘山

2018 年 8 月 14 日

六盘秋早，雾淡云缭绕，岭壑虚盈腾紫气，山色这边最好。

三军喜看旗红，流光不逝殊功。镰斧传承绮梦，丹心乃是初衷。

沁园春·西吉火石寨

2018 年 8 月 14 日

赤壁丹峰，云绕烟岚，百里画廊。望蜿蜒火焰，顶平身陡，层岩麓缓，树茂花香。洞窟居禅，云台揽翠，一柱擎天定北邦。怡情处，叹神工鬼斧，荡气回肠。

旖旎塞上风光，展粗犷雄宏浩韵长。看丝绸古道，云集商贾，穆柯山寨，英女传扬。风雨悬崖，石城之战，明史项忠有记藏。凭远眺，毓秀争烂漫，丘壑腾祥。

沁园春·贺银川铁路中学（原银川第24中学）60年校庆

2018年10月13日

铁路中学，六秩弦歌，气象万千。望桃李塞上，栉风沐雨，青春热血，龙凤争妍。弹指韶光，风云几度，不忘初心峰敢攀。抒情志，赞芳华永葆，薪火相传。

师生喜聚空前。怡梦幻、桑榆笑少年。忆平房简陋，书声朗健，讲台三尺，默默春蚕。翰墨文香，教研相长，大展宏猷赋美篇。呈祥瑞，看校区锦簇，甲子同欢。

鹧鸪天·观李雷经理的美篇《午后骄阳》

2018年12月24日

电厂机声耳畔萦，经年故事动心旌。万家红绽殷殷愿，一世碧凝浩浩情。

星斗转，鬓霜生，韶华几许灿新晴。病襟难忘追年少，大漠长河任纵横。

卜算子·元旦电视观天安门升国旗仪式

2019年1月1日

　　破晓紫霞升，广场和声动。举世凝眸向北京，赤子初心颂。

　　炽焰耀晴空，旭日群星共。义勇军歌奋进催，腾跃中华梦。

水调歌头·儋州龙门激浪

2019年2月16日—21日

　　鼓角龙门浪，名在九州传。奇岩碧水石洞，旖旎冠南天。漾日激流飞雪，荡月涌涛击罄，万载吼狂澜。瀚海汐谁弄？瓮穴接云烟。

　　钩陈句，叙青史，叹谪仙。雷惊旷宇，俯仰风雨笑声酣。几度春秋容焕，一片江山焜照，青翠养幽然。切切情依旧，华夏梦将圆。

鹧鸪天·观看科幻影片《流浪地球》

2019年3月1日

流浪求生险万重，开辟天路引长弓。木星氢爆洪荒力，盖亚劫消宇宙功。

情切切，意浓浓。冰心一片碧霄中。氤氲瀚海光年度，剑指苍穹唱大风。

鹧鸪天·有感

2019年3月27日

了却浮名何所求？小阁三尺海风悠。萧萧竹叶听疾苦，朵朵云华竞自由。

旗漫卷，浪潮头。会当击水赞红舟。冰心未自随人老，恰似江河不断流。

鹧鸪天·广州与云瑞相见

2019年4月8日

岁月回音耳畔萦，经年故事动地旌。看轻名利同窗谊，抛却浮华故友情。

星斗转，鬓霜生。夕照桑榆泛新晴。玉壶自有冰心在，逝水悠悠五羊城。

鹧鸪天·苏州东山湖畔人家

（2019年4月22日—5月10日）

　　黑瓦白墙栉密排，鸡鸣犬吠入窗来，一湾湖水临门绕，千树枇杷依岭栽。

　　茶室雅、酒楼嗨，碧螺芽嫩后山摘，洞庭古镇逢春雨，致富农家乐满怀。

蝶恋花·太湖漫步

（2019年4月22日—5月10日）

　　再向太湖堤畔绕，细浪轻舟，风景依然俏。山色岚光浮瑞气，杨梅初挂枇杷笑。

　　曲径通幽茶室好，玉叶芳芽，云水禅心妙。吴越风流接广岸，六朝烟雨知多少？

鹧鸪天·苏州东山农家

（2019年4月22日—5月10日）

　　茶果东坡一片青，贪黑起早巧经营，采摘汗洒林间土，修剪泡映天上星。

　　山寂寂、水濛濛，秋冬春夏五更醒，七旬筋力知多少？只为田园未了情。

鹧鸪天·第 29 届全国图书交易博览会

2019 年 7 月 29 日

礼赞中华追梦长，点燃丝路灿然光。交流翰墨传统聚，汇引山河数字翔。

辉雅韵，献华章。论坛互动激情扬。缤纷南北千家萃，融贯东西万卷芳。

沁园春·写给靖靖生日

2019 年 9 月 19 日

馨漫初秋，盈枝硕果，彩润九州。望终南山上，流金叠翠，城墙脚下，桂馥菊幽。屈指年轮，峥嵘步履，几度韶华倩影留。长缨举，任风云变幻，击水中流。

豪情未忘宏猷，怅寥廓、扬帆竞自由。喜沧波横渡，征尘续染，重梳经纬，挥斥方遒。遣梦环穹，心潮澎湃，傲暑凌寒岁月稠。鹏程展，谱弦歌高奏，挺立涛头。

鹧鸪天·贺常老师 70 寿辰

2019 年 10 月 3 日

飞袂笑旋引妩猜，云霞塞上染眉腮，备尝岁月胸中落，细品流光眼底来。情益笃、意难俳，芳华绽放向瑶台，更将往事溶春雨，滋润期颐浪漫怀。

一剪梅·太平峪口纳凉

2020 年 5 月 30 日

大岭寻凉五月天。笑傍河川，喜入林峦。圭峰侧落水云间。壑谷潺潺，栎柏笼烟。

峪口清风去暑炎。诗韵桃源，画意石潭。农家小憩自随缘。宫阙悠悠，霞蔚贞观。

鹧鸪天·棣花小镇

2020年6月26日

靖步清风去暑炎，棣花小镇赏宫莲。商於古道舒秦岭，金宋边城望武关。

荣辱外，水云间，罡风拂却史留烟。一声梆子吼穹际，喜看平凹会乐天。

注：平凹，贾平凹，现代作家。他在小说《秦腔》中将棣花镇风土人情和山水景色写进了书里。

乐天，白居易，唐代诗人，曾三过棣花镇，留有诗句，"遥闻旅宿梦兄弟，应为邮亭名棣华"。

梆子，秦腔。

鹧鸪天·游秦岭牛背梁

蹬道崎岖景色妍，灵牛七月尽奇观，飞流瀑布闻幽籁，耸立群峰望远山。

新雨后，俊风前，林中信步自悠然，云裳绿映丰盈画，只为情留写碧蓝。

水调歌头·重游终南山

久有逍遥意，结伴大终南。石沟美丽如画，景色雨中添。岭上祥云缭绕，谷壑铺金流翠，林里淌清泉。红柿枝头闹，村舍坐坡前。

年枢耀，驱浊浪，报轩辕。几度长缨漫寄，守望那方蓝。率性寻真小径，栗子核桃遍野，农院煮青柑。世外闻幽籁，相聚是情缘。

浣溪沙·大雁塔北广场喷泉

2020 年 11 月

狂舞金蛇雾里妍，波光动画更斑斓，钟鸣雁塔水云间。闹海九龙池上景，冲宵一柱水中天，秋知黄叶竞流连。

踏莎行·大唐芙蓉园与永忠夫妇、顺皋同游

2020 年 11 月 29 日

美景怡人，秋阳示好，激情洒满唐时道。紫云楼外塔留馨，芙蓉湖畔风含笑。

故友还多，冰心不老，通幽曲径黄花俏。曲池流饮酿新词，杏林关宴说年少。

鹧鸪天·泾源六盘山国家森林公园

2021 年 6 月 25 日—7 月 3 日

胜境寻幽笑影牵,复崖叠嶂惹流连。拨云细品缸峰秀,入壑遥聆瀑水喧。

凉殿美,野荷妍。框框水墨画南川。逐鹿鏖兵鸡头道,风卷红旗唱六盘。

注:缸峰,米缸山,六盘山主峰,海拔 2942 米;鸡头道,在野荷谷里。相传,秦始皇当年北巡曾走此道;汉武帝也曾六到六盘山;一代天骄成吉思汗曾在凉殿峡驻军养伤。

鹧鸪天·"九一八"90 周年有感

2021 年 9 月 18 日

当哭殇歌黑水寒,秋风冷月挂白山,柳条湖畔豺狼吠,北大营旁倭寇蛮。惊梦醒,响弓弦。壮怀激烈起烽烟。英灵尚在今人记,华夏霜枫血色鲜。

鹧鸪天·靖靖生日

2021 年 9 月 19 日

笑语盈盈爱不休，芝兰润雨卅一秋，心中愿景天山月，梦里韶华玉水眸。呈画卷，纵歌喉。凌波一路竞潮头。途逢坎坷寻常事，加减乘除任自由。

鹧鸪天·中秋

2021 年 9 月 21 日

同洛飞、俊芳夫妇到雍景湾光辉、小云家共度中秋而作。

盛请朋俦聚一堂，南山沣水桂飘香，喧嚣远避适时景，恬淡闲吟即兴章。观比赛，话家常。佳肴美酒喜新房。欣然最是中秋夜，落落情怀煮月光。

鹧鸪天·观电影《长津湖》

2021年10月11日

盖马高原大雪纷,雄兵十万战长津。英风忠骨惊天地,碧血冰雕泣鬼神。

扬利剑,铸军魂。熊罴覆灭报捷频。丹霞一抹和平现,功在千秋佑后人。

御街行·西安湘子庙街

2021年11月13日

灵槐叶茂祥和现,喜鹊唱,冬花绽。逡巡玉露润长安,获福仰德行善。湘君仙列,祖庭道场,抱一全真观。

梧桐民舍青石板,古巷谧,笛声远。几朝玉鼎领风骚,翰苑赋成徽范。书斋清雅,茶屋醇美,阅梦咖啡店。

鹧鸪天·大秦文明园

2021年11月14日

万古秦风自在悠,象天法地写春秋,鏖兵阔野八荒扫,挥剑浮云九鼎收。书断简,溯源头。铭功会稽华章留。东开函谷沧桑史,水舞笙歌正纵喉。

轻车自在画中游,盖世秦皇眼底收,一扫六合成大略,咸阳原上铸兜鍪。兜鍪,士兵的头盔。此借指金人,秦统一后,将天下兵器铸成十二金人。

鹧鸪天·长安

2021年12月26日星期日

曲岸流觞近岁阑,新魔西下犯长安。灞桥霾雾秦川震,雁塔疠疫渭水寒。擎日月,渡关山。白衣雪映胆和肝。古都众志开云笔,碧血霞蒸破阵篇。

古道云横叹锁楼,秦川岚瘴几时休?白衣披甲才添爱,红袖执戈又去愁。梅蕊艳,晚霞柔。潺潺八水涌春流。终南忽报瘟神灭,打马长安百感浮。

鹧鸪天·交大记忆（1972—1975）

2022年1月10日—25日

延安拉练

交大师生不怕难，野营拉练拓新篇。迎风沐雨歌声亮，越壑拂云步履坚。强体魄，洗心田。触摸红色走延安。亲亲黄土深情寄，革命基因代代传。

两水环流谷米香，三山鼎立霁天长。枣园灯亮雄才展，杨岭旗红马列扬。追往事，写华章。千秋彪炳史辉煌。声声腰鼓秧歌舞，圣地延安又启航。

户县电厂认识实习

诗画之乡渭水滨，喜沐朝晖余下村。烟囱冷塔深情寄，机组锅炉绮梦寻。览胜景，探芳春。致知格物与时新。殷勤细雨浇佳木，一曲弦歌户电人。

韵启诗经第一章，人文荟萃溯源长，青冥紫阙吟花柳，夜月圭峰诵草堂。书雁字，道重阳。画出春韵竞芬芳。物华天宝民风古，户县从来礼义乡。

三原割麦

布谷声催复垄黄，三原五月夏收忙，炎风灼燎炙红脸，燥汗溻污染旧裳。农户饭，慰饥肠。镰刀飞舞借天光。金颗亘古龙口掠，交大师生战烈阳。

爬华山

梦里名山太华峰，莘莘学子仰吾宗。犁沟秀涧林烟漫，峭壁巉岩岭雾朦。连碧汉，锁苍龙。悬崖万仞唱英雄。禅门夜宿姑寒月，待望曦霞那片红。

眺望曦阳跃海红，有缘仙掌辟鸿蒙。云迎落雁秦川雨，日照青莲汉苑风。屏四岭，蠹三峰。气盖山河九霄中。悬梯拾步惊魂散，绝顶会当伴放翁。

注：陆游神游华山《好事近》：秋晓上莲峰，高蹑倚天青壁。谁与放翁为伴？有天坛轻策。　铿然忽变赤龙飞，雷雨四山黑。谈笑做成丰岁，笑禅龛柳栗。

图书馆自习

交大求知志可酬，图书馆第史来悠，广纳百家文山涌，博集千载翰海游。厅素雅，室清幽。一席座位晚难求。思量经笥其中妙，任我贪婪笔底收。

兰州综合电机厂教学实习

绛帐开期到古城，习装电机拜先生。铁心绕组刚研练，转子轴承正探明。学下线，问流程。师傅传带见真情。只凭书上终觉浅，系统熟知必力行。

丝路咽喉浴火生，桑园峡涌陇原情。兰舟掠影山前舞，紫燕衔泥塔上鸣。涵厚土，漫钟声。甘泉五处落花轻。水车筒绕掬金浪，日照双桥入画屏。

注：古城，指金城兰州。

挖防空洞

莫恋晴空淡淡云，常思阴壑雨纷纷。深挖地下窟千米，广备仓中谷万斤。拉土快，砌砖匀。纵横巷道校园伸。洞天铸就和平愿，只为九州百代春。

南京水电仪表厂毕业实践

毕业实习玄武滨，四遥厂站课题新。研思原理迎朝旭，推进流程送晚曛。张翠幄，启混沌。青茵师展育学人。冰心一片征鞍付，塞上马奔好阅春。

虎踞龙盘泛碧流，钟山风雨话沉浮。六朝都会千年戏，十里秦淮一叶舟。红弄影，绿盈眸。盛衰饱览展新猷。乌衣巷里诗情满，朱雀桥边画意稠。

注：四遥，即电力系统远方自动化中的遥控、遥调、遥测、遥测；厂站，即发电厂、变电站。

鹧鸪天·汤圆

馅裹芝麻面染霜，冰白脂润入清汤，听凭玲珑披春色，且喜剔透揽月光。驾祥云，舞霓裳。沉浮翻滚寄情长，银辉直洒添诗意，吻破芳心齿带香。

鹧鸪天·冬奥会抒怀

22年2月17日

冬奥会开幕式

四海东来紫气盈,五环含韵耀燕京,瑶台虎啸飞轻雪,玉道龙吟舞素冰。燃圣火,唤和平。融妞墩宝展豪情,群雄逐鹿争锋勇,折桂蟾宫任纵横。

鹧鸪天·潭门抒怀

2022年3月15日

万里惊涛南海云,千帆棹唱古潭门。潮拍沙岸天垓远,浪助渔舟岛色深。船逢聚,马达奔。踏波逐鹿民族魂。弦歌回荡韶华梦,且借东风四季新。

注:岛,黄岩岛。

鹊桥仙·贺神舟十四飞天

2022 年 6 月 5 日（十时四十四分零七秒）

茫茫浩宇，深深秘境，银汉神舟再度。三杰今日展英姿，负重任，天宫又顾。

组合交会，分离转位，首次两舱进驻。豪情圆梦写峥嵘，启大猷，环球瞩目。

注：三杰，航天员陈冬、刘洋、蔡旭哲。

鹧鸪天·问天实验舱发射成功

2022 年 7 月 24 日

征曲三程唱大风，扶摇直上乐无穷。山河眺望生云霭，宇宙渺观揽阙宫。

托斗柄，耀新空，安陈日月问苍穹。歌飞天地冲霄汉，情寄星河待远鸿。

清平乐·蓝田灞原青坪村

2022 年 8 月 8 日

（一）

灞原云渺，箭峪龙潭早，双岭岩悬松笠老，庙殿无脊烟袅。
当年红色繁星，而今遍地新旌，多少磅礴故事，后人仰止恭听。

（二）

清坪漫步，楼院依山麓，小巷紫微红锦簇，碧野蔬禾满目。
浓阴染绿窗纱，风消暑气农家，箭岭犁耕梦想，古村再绽新花。

（三）

农家客饭，味美琳琅见，饸饹豆干洋芋片，方肉糍粑臊面。
核桃树下欢声，六君逐鹿青坪，缘是童心如水，斜阳依旧柔情。

柘枝引·习和微园秋寄

2022 年 8 月 10 日

长安伏日绿都居，觅韵唱三余，山黛云霞美，相期对咏共殷愉。

微园原玉：

（一）微园丈尺适闲居，韵味藏三余，修竹围幽寂，分题刻句淡欢愉。

（二）偷安闹市一隅居，浪度夕阳余，三载愁云锁，江风海月共悲愉。

诉衷情·清凉盼

2022 年 8 月 16 日

　　扶摇暑气煮八方，炎波唱宫商，素心堪绘愁绪，古调荡回肠。

　　开玉宇，裂云裳，仰天光，千山呼雨，万径来风，共唤清凉

　　注：古调，此处指华县老腔，黄土高坡最早的摇滚。

邵总原玉：

诉衷情

　　蒸腾暑气月昏黄，烟锁小荷塘，青莲一梗如剑，炎海自沧桑。　新物候，旧韶光，易神伤，素风安在，但问何时。还我清凉。

浣溪沙·和邵总《浣溪沙·出伏》

2022年8月26日

不觉苍颜鬓染霜，微园雅韵话沧浪，西流大火转清凉。渡水石桥浮野趣，穿林芳经吐馨香，曲江烟柳任徜徉。

邵总原玉：

浣溪沙·出伏

秋叶无霜鬓有霜，经年未许濯沧浪，且从残暑觅新凉。老树蝉声催落日，晚风荷影散余香，迷蒙月色可徜徉。

浣溪沙·吟秋

2022 年 9 月 6 日

一夜西风梦已残，时节应序雨潇然，飘香桂子溢长安。芦苇舒情凋白发，霜英着意弄新弦，东篱诗种小屋边。

清平乐·叹秋

2022 年 9 月 13 日

秋风细细，桐叶衢边坠，桂子飘香人易醉，筋力衰多低睡。

夕照曲江红残，愁来独倚阑干，几许沧桑喟叹，瑶空疏朗轻寒。

水调歌头·习和邵总《水调歌头·壬寅中秋》

2022 年 9 月 15 日

四海历尘劫，壬虎过中秋。依然月色如水，羁束使人愁。菊淡东篱疏影，桂郁西栅萦梦，叶落荡悠悠。翦翦生寒意，寂寂怎凝眸。

托素志，散闲情，追星稠。沧桑几许，一笺诗赋见刚柔。风舞秦川烟雨，潮涌钱塘云浪，翘首意绸缪。雾尽欣怀远，不负大江流。

邵总原玉：

水调歌头·壬寅中秋

海上历尘劫，三度过中秋。皆言月色如水，不见浣人愁。灯火乡同心境，渭北江东情思，付与梦悠悠。羁絷近千日，几处可回眸。

菊香淡，桂香郁，酒香稠。微醺漫忆，团圞犹念旧温柔。今夜吴江风露，明日燕山霜雪，杯盏话绸缪。一点沧桑意，万古大江流。

水调歌头·兴庆宫公园

2022 年 9 月 18 日

菊桂唤秋色，兴庆几天然。楼台亭榭曲径，湖畔响管弦。花萼遥接务本，羯鼓沉香弄影，霓舞水云间。最是龙池美，轻染绿绦烟。

赏唐风，观宋韵，话西迁。清波曦照，多情风树忆当年。回首青莲雅调，放目香山佳趣，于我写悠闲。岁月一如梦，拾韵有新篇。

注：花萼，花萼相辉楼；务本，勤政务本楼；沉香，沉香亭。

多情风树，取意白居易《勤政楼西老柳》："半朽临风树，多情立马人，开元一株柳，长庆二年春。"

青莲，青莲居士，李太白；香山，香山居士。白居易。

浣溪沙·壬寅重阳

2022 年 10 月 4 日

桂馥泛园寿客黄,夜听风雨渐秋凉,登高载酒贺重阳。
犹自放怀山水地,染毫觅句品书香,空天万里共丹霜。

鹧鸪天·潼关三河口

2022 年 10 月 10 日

三水连波浩宇穹,风陵晓渡动秋风,蒹葭采采千层绿,沙苑莽莽一抹红。
朝华岳,觅遗踪,蒲潼南北史争雄。季凌鹳雀眺天际,子健洛神入梦中。

注:季凌,王之涣;子健,曹植。
三河口北有蒲关,南有潼关。

鹧鸪天·翠华山耕读书屋

2022年10月28日

近赏松涛远眺岚，苍阶竹影伴云闲，木屋野果堪留客,,草舍岩茶好煮泉。

耕绮梦，阅青峦。秋飞岭壑色斑斓。吟诗品酒清风里，返朴归真大自然。

鹧鸪天·贺梦天舱发射交会对接成功暨中国空间站"T"字基本构型组装完成

2022年10月31日15时37分–11月3日

问鼎穹庭赴九垠，苍擎烈火倍丰神，罡风逆旅和弦妙，云翼遮旻"T"字真。

图铸箭，猎星辰。晴霄万里布霞人。玉箫喜奏天宫美，锦瑟别弹驿站新。

鹧鸪天·有感

2022 年 11 月 18 日

普普通通爱却深，风风雨雨度光阴。无愁哪会披霜发，有恙更能见玉心。

和锦瑟，抚瑶琴。相濡以沫不须吟。持家为我陪吾老，傲雪斗寒唱福音。

贺新郎·壬寅小雪后寒潮袭来

2022 年 11 月 27 日

雾翳弥烟岫。望长安、灰空一色，八川寒皱。萧索三秋人怅惘，坐看风前雨后。情尚在，柔怀依旧。不叹清霜徐染鬓，抱幽思、梦断曲池柳。斜照里，唤知友。

秦川塞上轻辜负。久相违、天涯海角，绿椰红豆。昨起清愁只几缕，无奈心神今又。劫未已、谁能识透？何日阴霾千瘴散，举银樽、互道平安否。疏影寂、冷云瘦。

沁园春·除夕

2023 年 1 月 21 日

　　唐韵秦风,火树银花,不夜镐天。聚亲人好友,琼觞共举,吉康互贺,守岁迎年。三载愁开,一朝疠散,喜上眉梢唱大千。接玉兔,恰华由鸣响,爆竹声欢。

　　桃符又换新元,盈紫气、家家展笑颜。看央台晚会,荧屏趣话,手机短信,穹宇情传,三世同堂,儿孙叩拜,畅饮屠苏乐忘眠。癸卯至,正五湖泼墨,四海铺笺。

　　注:华由,钟的别称。

满庭芳·贺邵总寿诞

2023 年 1 月 31 日

喜鹊登枝，微园泛彩，吉祥拢捻如花。逢君生日，把盏庆年华。曲水流畅笑语，亲朋贺，起舞琵琶。追司马，文心致远，妙句四时佳。

淡泊沉潜境，琴筝韵满，壶酒杯茶。镜头山川趣，古道人家。大任光明使者，历甘苦，京沪同夸。期颐祝，芝房雅奏，东海赏云霞。

《邵总次韵凤林兄生朝见寄》：

雨霁鸠鸣，寒轻莺啭，唤醒一树梅花。光驰波逝，怅别旧风华。昨日豪情在否，心犹念，铁板铜琶。怎消受，暮年况味，终是淡为佳。

余生能几许，容君容我，堪酒堪茶。任四处放浪，是处为家。行遍山川异域，会意处，莫漫矜夸。须相约，时清劫尽，飞盏醉流霞。

行香子·竹兰梅菊荷松

2023 年 2 月 13 日

竹

若瑾如莹，枝叶峥嵘。引今古人皆相倾。凌云处士，宠辱无惊。对三山风，四时雨，五湖星。

兰烟锁绿，雪压交横。报平安舒卷浮名。萧萧玉管，切切民声。故身纯正，心纯远，气纯清。

兰

岩谷结根，慧质恒常，远尘嚣不媚春阳。西风寒露，轻舞霓裳。同莲花清，梅花瘦，桂花香。

窈窕玉蕊，并济柔刚，任逍遥恣意徜徉。荣又何欢，辱又何妨。引文中颂，诗中咏，画中芳。

梅

冰霜做骨，玉雪为容，疏枝冷雅韵无穷。群英摇落，独晤芳丛。看体清癯，香淡仁，影朦胧。

魁品天成，无悔初衷，春花艳笑卧其中。孤山和靖，驿外陆翁，觅北国春，罗浮月，岭南风。

菊

素秋霜色，金蕊流霞，西风舞弱骨柔花。清寒廋韵，东篱露华。令赏时醉，品时趣，咏时佳。

巢明壮志，潜隐田家，痴肠禀意满琵琶。乐天愁绪，苏轼吹笳。任意无休，诗无尽，梦无涯。

巢，黄巢；潜，陶渊明。

荷

层层笼翠，片片芳芬，引南风漫舞罗裙。丹霄滴露，碧盖凝珍。怜珠儿润，花儿妍，蝶儿频。

禅心金蕊，琼体冰魂，玉姿立不染凡尘。红鱼嬉戏，白鹅随巡。爱风中举，雨中歌，水中氲。

松

根扎剑壁，梦绕苍穹，盘山峦枝叶葱茏。寒来暑往，南北西东。伴梅花雪，梨花雨，九华风。

英姿挺拔，气韵恒通。望浮云舒卷从容。贞修志远，雅致情浓。喜鹤之巅，冠之茂，直之雄。

鹧鸪天·踏青

2023 年 3 月 25 日

  风日晴和半出城，花开红树唱流莺，沁心油菜织黄锦，扑面麦苗妆绿屏。

  身放纵，眼充盈。啄泥紫燕最怡情。农家待客割新韭，乡野春光好踏青。

长相思

2023 年 3 月 29 日

  日一程，夜一程，思寄云鸿塞上行。长安无限情。泾水盈，渭水盈，心向天河梦不成。兰山细雨声。

行香子·樱花

2023 年 3 月 31 日

浸染云霞，一曲霓裳。蜂蝶舞、酵酿春光。纤纤夹道，灼灼回廊。赏白樱雅，红樱漾，粉樱煌。

纯洁绽放，十里芬芳。雀莺喧、婉诉衷肠。秾华占尽，梦幻徜徉。愿聆花吟，思花语，醉花香。

鹧鸪天·富平中华郡

2023 年 4 月 1 日

铸鼎荆山万古传，人间砥柱五千年，水涵云影繁华地，树染霞炤锦绣天。

风雨后，庙堂前。点亮炉火帝轩辕。祈福洗礼中华郡，破晓立纲溯祖源。

古风

西安城墙

2011 年 11 月

巍巍城墙，流光璀璨。城形弥弥，墙势岩岩。改朝换代，毁建数番。一路风云，至今岿然。雄立千秋，立地顶天。民族精神，文明典范。

金城汤池，蔚为壮观。杨隋肇造，朱明讫建。先民智慧，众生血汗。用料特殊，筑法独善。廿四阙围，三丈六巅。五丈四阔，四丈五宽。墩台突兀，砖阶挺坚。雉堞连云，马道沉烟。谯楼更报，紫微夜贯。箭楼林立，旌旗高悬。翠华鹰立，泾渭鱼潜。函谷屏障，陈仓雄关。日晒雨淋，风摧雪残。雷电袭击，战火熔炼。金身铸就，体魄雄健。天人眷顾，风光独占。

伫立城头，古今纵览。物换星移，俯仰之间。黄帝开疆，根植于陕。民族融合，中华渊源。西周伊始，建都长安。十三朝代，都城绵衍。皇天后土，人文积淀。博大精深，气象万千。诗经史记，黄渭发端。汉赋唐诗，华夏宏篇。玄奘西去，佛经译翻。僧学东来，盛世开元。丝绸之路，胜景纷繁。友谊增进，文化相传。箭阙记留，门洞蕴涵。历史画图，砖瓦可鉴。

岁月峥嵘，兴衰演变。英豪逐鹿，凤凰涅磐。鼓角轰鸣，马嘶人喊。李闯破阙，大明气奄。辛亥革命，勿幕率先。风急城壁，日烈池寒。二虎守城，玉祥救援。角垛弹飞，瓮墙血溅。逼蒋抗日，张杨兵谏。豪骨正气，直冲霄汉。激情八办，红色七贤。驱雾拨云，马列导帆。天高地迥，环宇绵绵。自然法则，世事达看。帝王黩武，百姓哀叹。逆势则亡，顺之发展。水能载舟，也可倾船。以史为镜，国如石磐。

　　史翻新页，时代变迁。雁塔含翠，钟楼吐艳。古宅寺院，飞阁流丹。鳞次栉比，广厦商店。通衢交错，纵横棋盘。车流奔腾，立交飞旋。碑林溢彩，曲江斑斓。城河疏浚，碧波潋滟。游人畅怀，环城公园。秦腔豫剧，秧歌纸鸢。太极武当，陀螺绳鞭。流派沙龙，芸芸尽欢。华灯齐放，霓虹竞妍。街明楼丽，生机一片。名花佳树，馨香常年。紫霞红晖，海清河宴。

　　贵宾入城，华服峨冠。羽衣霓裳，舞姿翩跹。优雅编钟，玉音婉转。威风锣鼓，声震城垣。宫扇成双，大汉礼典。旗钺出对，盛唐韵现。通关文牒，静听高宣。金钥赠宾，轻启门闩。吊桥无声，拂尘导前。冠盖有序，嘉宾步缓。殷勤礼数，宾客动颜。主人好客，盛名播远。

方城横亘，大美与川。炎黄血脉，大爱如山。箫鼓长乐，花灯巷南，槐叶北桥，石榴西苑。击缶弹筝，三叠和弦。心中图腾，城墙梦耽。钟声悠悠，祈福虔虔。潇潇雨洗，辉煌苦难。喜城拭瓦，乐墙拂砖。清音风递，靓影水环。对景驰怀，情思飞遄。极目宏宇，轻化心泉。长河横枕，大岭纵牵。铸鼎伟业，雄风豪男。五千岁月，沧海桑田。中华振兴，吾辈登攀。

放风筝

2012年3月24日（农历三月初三）

泓拈微浪荡清韵，岚隐小亭笼翠烟。
常添挚情平野立，时有豪兴曲江闲。

欲开鹏翼东风引，试走龙虬云影牵。
扶摇跋扈百仞上，游丝挥运方寸间。

飘如素云浮银浦，翩若大鹏度秦川。
乍升乍降俯渭水，斗艳斗奇瞰终南。

出世当鸣双玉佩，入时须著五彩衫。
霓裳逶迤飘罗带，翠袖招摇曳裙帘。

五福献寿挟风响，百鸟闹春倚云欢。
音啸和融振宫商，声弛豪婉荡宇寰。

耆翁有爱扬寂寞，稚子无忧舞婵娟。
羁束自析脱旧俗，高风共仰唤先贤。

锻铁抚琴停竹海，荷锄种豆驻南山。
九天傲骨屈子节，十指柔肠伯牙弦。

东寻西觅追绮梦，北走南驰了尘缘。
星河漫漫三万里，史海悠悠五千年。

墨子木鸢惊岸起，公输竹鹊窥城旋。
苍鸦横起金台落，萧衍纵失石头援。

未央韩信量玉阙，垓下楚歌借纸鸢。
曹公鹞志留京畿，李邺竹笛鸣桑田。

神游八极吟唐汉，纵览万物唱宋元。
阴阳开阖人生路，刚柔舒卷尘世关。

丽日舒怀开笑脸，春风拂面醉晴岚。
亲阅时宜喜内外，自识穷达乐地天。

再游三亚湾

2013 年 2 月 7 日

妻伴友随三亚赞，正值新春南国灿。
光华闪烁凤凰岛，燃云烧海景色艳。
沙滩数里人鼎沸，千红万紫争相看。
海天一色潮声起，踏浪抓蟹稚子喊。
穿绿戴红老来俏，翩翩舞步合笙管。
摘星追日青春摇，椰林大海呼梦幻。
去岁泰山曲阜行，人头攒动何以算。
浪打栈桥话休闲，风吹婚纱说浪漫。
问道武当瑞霭浮，九湖涟漪仙境现。
寻觅神农尝百草，连延霜枫紧相伴。
砖阁石拱显光彩，众手画图汶川变。
水声激激穷烟霏，九寨湖碧纷烂漫。
由来在线寡参与，况是退休得闲散。
抱华携手安能得，酬志相从莫辞懒。
秦岭节气冰雪寒，椰岛季候云天暖。
潮涌赤足自可乐，时见浪谷置平坦。
何人汲汲一生事，谁家悠悠徒悔晚。
乐山犹感天涯近，喜水何嫌海角远。

重整祖墓祭文

2015 年 8 月

惟公元 2015 年 8 月,夏历六月,岁次已末。高氏一族后裔集于中指山之阳,重整祖墓并以鲜花素果之供,恭祭先祖。辞曰:

高氏一族,渤海郡望,开枝平原,散叶陈仓。枝繁叶茂,花红八方,时逢盛世,争奔小康。今抒旷志,再续华章,馨香已荐,创新继往。

太君老奶,朴素善良,含辛茹苦,惟求兴旺。锲而不舍,饱经沧桑,恩泽儿孙,百世流芳。

惟吾祖父,一生慈祥,春雨无声,滋润心房。平秦风劲,宝天路长,情系铁路,丹心向阳。

至亲祖母,巾帼当强,薪火相传,岁月铿锵。相夫教子,光耀家邦,邻里和睦,众口夸奖。

仰秦岭巍巍,俯渭水泱泱。
衷情拳拳,心意洋洋,吾祖功德,永志不忘。告慰先祖,永兹慈祥,后辈叠出,敬献心香。同祖同根,同心同向,凤愿礼成,伏惟尚飨!

快乐乒乓万科行

2019年1月26日

快乐乒乓聚万科，银球飞舞谱新歌。
纵横驰荡青春少，左右奔波韵味多。
搓打推拉步履轻，甘当陪练溢真情。
烹茶煮酒夸群主，建立温馨大本营。
几度狂澜汗水倾，万科数战早扬名。
攻防斗智拔头彩，不让须眉每场争。
短吊长拉乐融融，正打反磕巧变通。
最是诗情出肺腑，挥毫落纸走惊风。
臂挥腰转展长缨，心有灵犀伴笑声。
臊面搅团亲手做，热心服务做标兵。
汗雨飞抛赛场中，乒坛亮剑势争雄。
直拍反打功夫见，摆短劈长渐贯通。
清音盈耳自峥嵘，绿谷放怀快意行。
挥舞球拍身影靓，青山纵目动心旌。
左推右挡赞韩鹰，进退攻防克数城。
唤友呼朋舒感慨，金钟倒挂几人行？
挥拍起步莫嫌迟，学打乒乓要趁时。
数载蓄芳精粹聚，三春竞放俏一枝。
酷爱乒乓数载情，长留夙愿伴和声。
浑收豪气思腾跃，闲阅玄机道纵横。
动作当如训练成，左拨右打步轻盈。
热汗一身追年少，红霞满脸最著情。
技艺切磋共问津，以球会友见精神。
东西南北乒乓客，健体强身己亥春。

白鹿仓十二景

2020 年 6 月 29 日

青砖灰瓦复年轮，谷满粮仓老话存。
白鹿塬中多少事，风吹旌舞自雄浑。
仓门厚重越云天，壁立宫墙览渭川。
背母顶妻阁上望，忠孝长颂写新篇。
牌坊德颂感荣光，四海祈福佑炎黄。
穿越民国如梦幻，铃声萦绕小街长。
红松独立满亭芳，卓笔神来耀鹿仓。
大岭激情催热血，戏楼依旧吼秦腔。
遇仙桥上闻钟声，日月轮回不了情。
楼锁骄阳云影动，溪横烟柳水车鸣。
箭楼映水踏清波，激荡时风旭日歌。
阅史文博添韵趣，三秦俗雅共吟哦。
房车沐泉竞风流，庭院深深赏谧幽。
原野翱翔飞幻影，山河大好瞰神州。
吟风数载苦叠辛，笔底凝情见性真。
极目原上拔气势，无疑未负踏青人。

注：白鹿仓十二景：仓门巍峨、望母思恩、牌楼铭德、民国拾遗、独木仙立、戏楼腔韵、小桥遇仙、水车歌谣、箭楼映水、文博阅史、房车沐泉、原野翱翔。

袁家村

2022 年 8 月

炎炎酷暑热难禁，古镇烟霞送日荫。
田野花袭香留久，天清气润兴转深。
逐云旷远峻山暖，望水澄明泾渭寒。
星月扶摇降瑞蔼，山河起落话龙蟠。
钟声千古响唐音，万种风情自沉吟。
禅意幽庭宝宁寺，合十静默向佛心。
画凤雕龙大院房，飞檐黛瓦跃石梁。
衔环紫燕绒花客，匾额云章碧山堂。
携手街头盈笑语，并肩巷口溢欢声。
门楼余韵萦怀抱，左右灯红倒屣迎。
村上戏台梆子腔，民俗体验更传觞。
酒旗画阁长安景，灯火璀璨夜未央。
辣子锅盔酸奶佳，糖糕烙面豆腐花。
一朝品尽关中味，亦酒亦诗也亦茶。
催春稼政博星辰，裕禄登高有精神。
锦瑟别弹屋俗魂，玉箫新奏街景文。
得借山川疏秀气，欲留世外老童真。
袁家村里二三日，不羡瑶池座上宾。

注：门楼，康庄门楼；绒花，指绒花阁；左右，指左右客民宿大院；裕禄，郭裕禄，袁家村带头人。

遥寄哀思·怀念三爷爷

2022 年 8 月 24 日

  鲐背八夕庆百年，同堂五世绕膝前，悠悠岁月地天外，历历往事谈笑间，春夏秋冬赢美誉，东西南北写芳篇，耳顺身退仍勤勉，承继家风拓善缘。

  谁料族公忽见背，南山垂首渭河咽，洋洋神曲飞坤宇，淡淡黄花覆祭坛，冠疫阻隔思不断，陈仓悲望泪潸然，音容笑貌今犹在，相续荫泽梦九天。

新诗

门源的油菜花

2012 年 7 月 13 日

一望无际的金黄

异常斑斓

一幅巨型画卷

令人震撼

一片油菜花的海洋

一个生机勃勃的浪漫宣言

浩门河在中间流淌

镶着金边的银丝带飘舞蜿蜒

浩门镇象一座小岛

漂浮在大海的上边

祁连山遥相辉映

白云舒卷苍鹰盘旋

大色块的构图

如此简单

油画一般的涂抹

是那样的潇洒畅酣

彩云一般的壮美

是那样的秀色可餐

雪域女儿的风韵

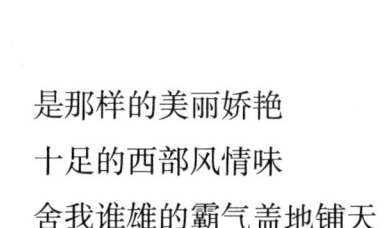

是那样的美丽娇艳
十足的西部风情味
舍我谁雄的霸气盖地铺天

当你步入花的世界
强烈的色彩让你喜欢
扑面而来的恢宏气势
任你遐想翩翩
看那一株花
风情万般
嫩绿的枝干
金黄的花瓣
娇艳欲滴的站在苍茫雪原的绿洲深处
独领风骚不惧霜寒
不需要灵敏的嗅觉
清醇的芳香百里溢散
奇异风光的交织
荡起时空交错的漪涟
花迎花送
仿佛在轻轻诉说大美门源
花迎花送
仿佛把美好的回忆呼唤
花迎花送
仿佛在安抚你的绂烦

花迎花送
仿佛叫你醉的梦回初恋
拈一朵璀璨
聆听风里蜂蝶的恣喧
漫一声花儿
撞开心灵的栅栏
坦荡的交出金色的心
倾出激情的波澜

七月的绽放
相约在黄金草原
风吹草低见牛羊
野花渐欲迷人眼
来个特别的亲吻拥抱
聊发少年的狂癫
留影蝴蝶的快乐
吸纳蜜蜂的甘甜
拉动朦胧的交响
铺展美丽的梦幻
敞开久积的等待
将一片片炽热的情感点燃
一对恋人在金灿灿的花海里
洁白的婚纱在清风中舒展
盈满透明的柔情

在浓郁的花香里呢喃
手拉手露出幸福的微笑
相亲相依享受着美好的自然
赞叹着油菜花的艳丽
憧憬着生活的悠悠大千

驾着红色的小舟在花海中荡漾
举起酒杯唱出心中的礼赞
一朵不起眼的油菜花
使一座静寂的小城与世界结缘
门源神奇的土地
亘古的传说也成了奇妙的景观
兵戈铁马的幻境
丝绸之路的风烟
初麻古城、巴哈古渡遥远的信息
气势磅礴的冷龙岭现代冰川
珠固藏戏、精美的刺绣、独特的民俗风情
解读着历史的久远文化的多元
油菜花大自然的精灵
阳光下耀眼的爱怜
从不进花圃也不上厅堂
只愿扎根泥土风光园田
从雪域高原溢出
然后站立成金黄的抖颤

蓬勃、热烈、大方、含蓄就是最直接的诗句
在回望中看到经典在浮现
没有名利场上的困惑
没有落英缤纷的痛惨
护卫着纯真的结晶
俯仰天地无愧人间
你用生命把价值诠释
你用一生写就平凡
一场灵魂的洗涤
一场情感的升迁
你美的大气、美的疯狂
从不刻意修饰自己的笑颜
你是一道灵光、一身福气、一种传承
润泽了广袤的雪域高原
你是一首赞歌、一颗雄心、一曲神话
拨动着西部腾飞的琴弦
苍穹悠远、绿野无垠
油菜花已将我的眼神迷乱
一缕清风在花海上掠过
早已醉了遥望中的雪山

九寨遐想

2012年10月

秋日，我漫步在九寨沟
沟里笼着金色的温情
天空蕴蓄着活跃
不时，掠过一群小鸟的倩影
湖中的小鱼
在清澈的水中把尾巴轻轻摇动
一辆辆中巴车上上下下
栈道上可见队队人行
游客的眼睛搜寻着拍照的角度
登高爬低忙个不停
阳光把山腰的薄雾慢慢拉开
一幅纯净的画卷，大自然构造了九寨的风情万种
风儿扬起了片片落叶
将我的视野拉伸扩升

穿透一双双凝眸的深度
分享你美妙不可方物的大美集成
看见了，宽为国最的诺日朗瀑布的恢宏
看见了，水漂蓝天，镜海中美丽的雪峰

看见了，六角枫似冲霄的火焰

看见了，五花海里苔藓青青

看见了，藏龙蓄势的长海

看见了，五彩池的娇姿玲珑

看见了，藏家的红土楼，飘舞的经幡带

看见了，帘挂珠垂，朝霞幻别样的彩虹

听到了，扎如寺的长号悠悠

听到了，珍珠滩音韵铿锵的圆舞曲之声

感到了，原始生态童话般的溟濛

感到了，摇波于烟树里水的魂灵

九寨沟，历史的沟，现代的沟

你记录了世纪冰川的造化历程

你奏响了峰起地隆钙化峡谷的轰鸣

你丰富了人文交汇的太古朦胧

你绽放了上古神剑的流光，划破了沉睡的记忆，变幻的灵动

你描绘了松赞干布率河曲部落的东征

你倾诉了鸦片战争抗英的九寨藏兵

你留下了九寨人反清起义的伟绩丰功

你激发了青藏高僧路过犀牛海的灵感

你讲述了山神比央多明热巴九个女儿的幻梦

你展现了三千藏胞，何药九寨的兴衰繁荣

你迸发出神奇九寨的天籁之音响彻苍穹

九寨沟，自然的沟，生态的沟
色嫫女神将你抛洒人间
你一尘不染，剔透晶莹
缠绕着浪漫的神韵，激起心潮上涟漪层层
突然，我想峡谷山中的一段童话，前途诓料
一百多年前，恩格斯的警告响在云空
人类不要过分陶醉于征服自然的胜利
破坏性的征服，大自然的报复将十分严厉
自然失去了美丽，我们将不会再有笑容
还是让我们于自然相爱吧
为灵魂深处的敬仰顶礼膜拜
为这尘世上不能亵渎的圣地
让九寨在爱与被爱之间，在梦与非梦之间永存永生
一颗期待已久的心愿
让心灵洗礼在涧湿丰盈的水彩地上
长久留住宇宙的原色与生命的绿交融

九寨沟，浪漫的沟，激情的沟
你叫我亢奋，敦促我思索
不断撩起我好奇的天性
突然，我想百十轮回的山水灵区
苍翠欲滴的山林、雪山、海子和飞瀑的霓裳……
温暖的阳光随意飞溅，蔚蓝的天空纤尘不染

给人以如醉如痴的一片宁静
水的梦境里,谁的美目流盼
躁动的心不再似浮萍
在哪个活跃的城市中
使人疲惫又使人永不满足
人们将得不到休息,步履总是匆匆
工作是神圣的,生活是美好的
无所作为的懒汉,没头没脑的工作狂
是远离神圣和美好的两个畸形
勤奋的工作,创造后的休息
工作和生活的和谐
才是完美的相通
摩西四戒,都写有享受闲暇
来吧,让我们共同沐浴九寨的晨风

写给笑笑

2016 年 3 月 8 日

凤新的外孙女笑笑得了罕见的脊髓肿瘤,手术取掉了 3—8 六节脊椎骨,保住了性命。

我诅咒狂风
一朵小花在风中飘零
我诅咒暴雨
美丽的花瓣在雨里泥泞
我质问天公,你昏聩了吗
纤弱的呼喊成了黑色的枯井

与床为伴吗
白云哪儿去了
为什么没有鸟儿的歌声
小动物们干什么呢
为什么草地这么宁静
冷冷的天花板成了我的眼睛

孩子问
办法在哪里呀

白色说，在这儿
红色说，在这儿
绿色说，在这儿
孩子说，我有办法吗
笑笑
生命的交响，全在抗争
炼狱礼赞
浴火重生
笑笑
让我们共同

写在高兴 10 周岁

2016 年 5 月 29 日

五五相加，天地交响
一声啼哭喊醒了太阳
你横空出世在我的宇宙
以生命的传奇奏响了灵魂和诗意的乐章
在我的视网膜上
你用裸奔的火焰挂上了串串风光
我为隔辈的你歌喉绽放
击键三山五岳，拨弦黄河长江

棱角分明的小脸
稚气而刚宁
宽宽的身板
一个男子汉的雏形
大大的眼睛
透视着你聪慧善良的心灵
调皮的举动、矫健的倩影
宛若玉树临风
你的心泉在我的沟壑纵横中流淌
爱的原生态，常常在梦的边缘聆听甜美的童声

你是我的思想家
你时不时的告诉我美丽的憧憬
你是我的开心果
你用小手托起我的天空
把我的秋天装到你春天的调色盘里
暖暖的色调点亮了满天的星星
你搂着东西南北
你枕着春夏秋冬
驾着风雨创新传奇
牵着雷电翱翔生日的大鹏

时间深处，我寻觅你金色的脚印
用永远张开的心伞，珍藏天伦之乐的蓝帆
你用朝霞的光谱编制童话世界的闪电
宇航员为你戴上晨曦的花环
曾记否
那是你幼童时的心言
在爱的摇篮中，你举起我的梦
亲吻梦的桃花源
在诗的韵律里，我捧起你童趣的哈达
拥抱灿烂的浩浩蓝天

遐　想

2016 年 8 月 15 日

荷影摇曳着晨曦
风儿送来淡淡的清香
远远的，近近的
一条蜿蜒的土路
清晰的，朦胧的
一个好看的笑靥
婷婷玉立，在金色里绽放
若隐若现，在绿色中隐藏
沉淀着童年的梦幻
悄悄的把那个夏日扮靓

寂静的山林里
弱弱的光
满地的黄叶
带来了秋天的彷徨
一朵孤独的流云
飘落在南华山旁
沉重的痛苦喊出了无言的勇气
坚韧的磨练梳妆了皎洁的红芳

少年的梦想永远不会被凋落
她只是被雪雨阻滞在路上
忧伤是对生活的诠释
欢乐是对人生的歌唱

大漠孤烟
让来者读懂独然而涕下的悲怆
长河朝日
让我们拥抱这鲜艳的辉煌
去吧，百无聊赖的心灵空漠
去吧，疲乏困顿的大脑
穿越时光隧道
寻觅逝去的美好
把歌儿唱给未来
走进那一片鹅黄

女排姑娘，我为你自豪

2016 年 8 月 21 日

奥运赛场
五星红旗第 26 次升得高高
浴火重生
凤凰涅槃
女排姑娘用青春的泪水
喊出了奥林匹克的骄傲
你让九百六十万广袤疆域动情
你让十三亿炎黄子孙自豪

女排姑娘
一个充满记忆的时代符号
一次次的失败，诠释着不怕输、不服输
一次次的坚持，展现着泰山压顶不弯腰
一次次的拼命，拓升着顽强拼搏的内涵
一次次的登攀，将理想不死升华到云霄
女排姑娘
一个充满神奇的童话故事
你用微笑演示了生活的美丽
你用浪漫证明了运动的快乐

你用淡然激励了生命的辉煌
你用热血浇铸了飞越的模式
你用真情书写了人生的航标

赞美
女排姑娘、可敬的郎导
里约创造了奇迹，创造了历史
再领世界排坛风骚
致敬
女排姑娘、可敬的郎导
共和国的旗帜上有你的风采
整个神州为你激情燃烧

涟　漪

2016 年 10 月 10 日

一阵漪涟
轻轻泛起
在月光的怀抱里缓缓踱着步子
在星空的深处隐藏着好看的笑脸
在高山之巅梳妆着烛光
在大海彼岸轻展着柔盼
像透明的空气
像流淌的泉水
奔涌在灵与肉的中间
穿梭在梦与醒的边缘

小路中盈盈碎步装饰着美丽的梦
和弦的声音穿越不眠
乡村的民屋
留下了少时的憧憬
那一片片菜地和不大的果树林
记载了快乐的当年
甜甜的沙枣唤起了尘封的苏醒
清秀的景色让人流连忘返

两万五千里
长征的故事写在了兰山
在山林里放歌
在屋檐下呢喃
珊瑚般的夕阳里
望断天边的鸿雁
寒来暑去的田野
还有那无云的夜空
愉悦的思想颂扬着春的纯洁
涵容的灵魂蕴蓄着夏的心田

南华的流云
勾起命运多舛的惆怅
长河的波涛
带走孤寂沉默的小船
一切是那样的悄悄
一切是那样的黯然
长长的思念
消逝在秋色中那缥缈的岚烟
潮湿的情愫
沉寂在朦胧的冬天
眺望落霞的远方
下载梦幻的片段
蔚蓝色的大海
点点白帆

诗的电网

致纪全主席和电力摄影爱好者

2016 年 10 月 28 日

宛若长河腾起的细浪

宛若雪域跃动的峰峦

宛若飘舞在戈壁滩里的银色飘带

宛若歌唱在热瓦普上的金色琴弦

挽着太阳

抱着月亮

把星星

洒满人间

我站在高山之巅

倾听

与梦同行的胜利交响曲

我站在峡谷之上

仰止

点亮大地的太阳图腾

雄关漫道

金戈铁马创业者的 750 旋风

用青春唤醒沉睡的冻土

用汗水划破寂寥的长空
干裂的嘴唇 黝黑的笑脸
滚烫的思念 疲惫的身影
在铸就一种精神
在诉说一种感动
梦与魂的交响
理想与光明的和声

镜像的结合
是伊犁河水奔腾的思绪
快门的跳动
是天山山脉起伏的畅想
黄金时段的追寻
是方寸倩影捕捉的恒定
无人机的放飞
是白云大地
联袂的合唱
用丹青般的帧幅
去追赶普罗米修斯的神火
用奔跑的呐喊
把热血化作诗的电网

金孔雀赞

2016 年 11 月 20 日

五彩划破蔚蓝的天空
投下一道美丽的倩影
邂逅在珠海的蓝天
来不及看清你的面容
金孔雀铺开灿烂的云霞
留下一段深情的雀之灵

横滚
激情追逐着太阳
浪漫裹挟着狂风
倒挂
一跃而起直冲云霄
飞流直下倒悬金钟
对冲
闪电谱出悦耳的旋律
金花奏响动感的回声
呼啸
风驰电掣的英姿
把美好的乐章嵌镶在朗朗星河之中
飞翔

那一串串流畅的音符
在天地间大写着你的姓名

无怨无悔
追逐着蓝天的梦想
余音华夏
永远的巾帼英雄
我心回荡
眺望那天天的旭日东升

注：余旭，女，1986年出生于四川崇州，空军上尉，二级飞行员，曾任空军八一飞行表演队中队长。2016年11月12日，她所在的八一飞行表演队在河北省唐山市玉田县进行飞行训练中发生一等事故，余旭跳伞失败，壮烈牺牲。被批准为革命烈士。

在八一飞行表演队中，余旭的代号是"金孔雀"，是全中国仅有的几名具备表演机飞行资格的女飞行员之一。2016年11月初的第十一届中国（珠海）航展上，余旭驾驶战鹰的飒爽英姿给人们留下了难忘的印象。在航展开幕当天，余旭驾驶2号机升空参加飞行表演，"我是最先起飞的一架，在空中23分钟，表演了全部动作。第一次在那么多观众面前表演，我感到既新奇，又激动。"这是余旭生前最后一次公开亮相，也是她面对镜头最后一次自信地说："我会驾驶双座型号的歼—10，把最好的状态展现给大家。"

记 忆

2016 年 12 月 9 日

最美最温柔的夜
风儿轻轻揉着星星的眼睛
记忆的深潭
悄悄的打开
一幅长长的画卷
在水底帧帧泛起

驾驶舱中
坐着你
坐着我
车窗外风和日丽
小城的沉静
在无声里布漫
何处飘来山丹丹花开的曲子
撩动了不曾察觉的甜蜜
流动的晓梦
参悟幻化的轮回
唤醒了荡漾的彷徨
一个东　一个西

中午 校园的太阳有点暖

照着你

照着我

信使的呼唤 打破那一片静寂

蓝蓝的天空

树上的小鸟在窃窃私语

湖边绿绿的草地

透出袭人的花气

轻灵的倩影

贝齿的闪光

好看的旋涡

柔匀的吐息

傍晚 河面上一个个跳跃的清波

看着你

看着我

相伴着动人的此时

像轻盈的风铃

用笑声点亮了蜿蜒的河堤

像荡漾的梦儿

留下甜甜的痕迹

影院里上映着《车轮滚滚》

旋转着熟识的回音

带着眷恋的惆怅

东去的一声长笛

骊山的美景
醉了你
醉了我
踏着蔓草鸟瞰苍茫大地
烽火的呐喊
留下扫六合的追忆
五间亭的枪声
谱写了新的史记
华清池的故事
还有骊山老母的传说
循着水边
寻找霓裳曲的羽衣

那个夏日　布漫虔诚的祈祷
连着你
连着我
流血的哀惶　十万火急
疾风中
自寻的烦恼在两行铁轨间游弋
无声的等待
节节整装的车皮
是你在笑

那傻傻的狼藉

仰脸望

渐渐模糊在站台广播里的进行曲

秦岭和兰山交舞

聊着你

聊着我

馨芳的积累弥漫在冬季

大漠戈壁的粗犷

或许有一点点不相适宜

青铜古镇的幽馥

记住了长长发辫上的清纯靓丽

抹一天云霞

用诗写下绿茵

拨动希望的琴弦

起航 欢乐的星期

最美最温柔的夜

风儿轻轻揉着星星的眼睛

牵着你的手

追寻开始的情绪

丝丝在斜阳前

深深在心海里

记忆（续）写在结婚40周年

2017年12月9日

记忆是一本厚厚的书

那些过往烟云的日子被她收藏

记忆是一个个生机勃勃的春天

争先恐后演奏着生活的乐章

欢乐左心室

痛苦右心房

在云中飞舞

在雨里回荡

用青春的火焰

在长河镌刻滚烫的诗行

还记得吗

那个冬日的小土炕

在瑟瑟的寒冷中

顽强的抵御着风雪

没有亮晶晶的许诺

连吻都带着清凉

那时我们依偎在窗前

仿佛飘来沙枣的花香

灯光里的我们憧憬着
明天会是怎样

还记得吗
那身英姿飒爽的工装
幽深的隧洞
纵横的铁轨
青涩的珠笔
欢乐的车床
带着玫瑰的梦幻
细嗅那一路芬芳
分享着你的喜悦
我从心里默默为你鼓掌

还记得吗
那个秋天的吉祥
一声嘹亮的啼哭
喊醒了四大洋
一双美丽的大眼睛
是那样的清澈明朗
把嫩嫩的小手放进我的大手
是那样的千转柔肠
守望着爱的永恒
谱出醉人的遐想

还记得吗

那将长发盘起的脸庞

无悔的付出

默默的奉献

那样那样的执着

演奏着锅碗瓢盆的交响

倒映苍穹的蓝

任凭泪水尽情的流淌

像一株美丽的木棉

静静立在橡树的身旁

还记得吗

那用朝霞装饰的厅堂

采一束大唐的牡丹

扯一片地中海的云裳

集一分巴黎的浪漫

来一点童话的夸张

让温馨洒满停泊的港湾

让爱与幸福酝酿在酒坊

最不平凡的美

彰显了你七彩的智商

还记得吗

那痛苦的忧伤

一夜夜的牵愁
一声声的祈祷
安慰心灵的落寂
化解人生的惆怅
心在呼唤着心
无助的灵魂停靠在何方
爱的涓流
给了我搏击的翅膀

还记得吗
那时间深处的徜徉
真情温暖了季节
喊声让大地疯狂
在华夏的山川驻足
在异邦的海边戏浪
点燃爱的激情
让燃烧的血液吸取温暖的力量
继续春天的故事
用你手里举着的那杯月光

还记得吗
小高兴的到访
那是枝的如约
那是叶的期待

宝贝奶奶的呼喊
是怎样的心花怒放
在我们心中铺开一地花海
天籁之声久久绵长
可爱的小天使
愿我们一起在蓝天翱翔

用生命所有的记忆
写一首诗
用前世修来的缘
牵手走过沧桑
在鸟语花香的小城
抒发对大海的歌唱
清晨放飞那金色的旭日
傍晚悬挂起银色的月亮
在一粥一饭中体味眷恋
在清浅平淡里共享扶将

木棉花开

2017 年 2 月 18 日

二月
椰风唤醒了一树树木棉
追着春的脚步
向着生命的高度无尽地伸延
以五片花瓣遒劲的曲线为轮廓
以坚实的花托为一盘
争相怒放在高山平地
争奇斗艳在路旁田间
红的那么纯粹
没有一片衬托的绿叶
红的那么灿烂
没有一丝他色的缀点
火焰与霓虹共舞
迸发出天地的生机盎然
用与生俱来的本色
用骨子里的坚韧与顽强
轻轻地摇曳着微笑
点燃了整个春天

一朵花就是一首荡气回肠的歌
一朵花就是一段热烈奔放的情
犹如吉贝的风骨
英雄般的壮观
用嫣红和强劲的身姿
讲述着黎族的动人故事
用沧桑而皱褶的树干
演绎着海角逐梦的壮丽诗篇
当繁华逝尽，
木棉花仍不失豪气
她不容半点凋零
霸气十足地道别蔚蓝
保持一个完整的自我
浑不退色　一路旋转
纵扑向大地
也要发出生命清脆的呐喊
落英缤纷
火红的春泥化作天边的霞烟

我渴望和木棉的邂逅
一起诉说共同的语言
用粘满爱的蓓蕾
去顿悟心中深深的波澜
你举着燃烧的火炬

静静的立在我的身边
那突兀弧线沉淀着长河的流过
将忠贞的相依诠释在年年
分担潮寒 雷电
共享瑞霭 流岚
互相倒映彼此的身影
仰望天空 在脚下的土地里繁衍
我用呼吸丈量彼岸
把一组纯洁的词汇永远写在心田

注：吉贝，传说五指山有位黎族老英雄名叫吉贝，常常带领人民打败异族的侵犯。一次因叛徒告密，老英雄被捕，敌人将他绑在木棉树上严刑拷打，老英雄威武不屈，最后被残忍杀害。后来老英雄化作一株株木棉树，所以木棉树叫"吉贝"，以纪念这位民族老英雄。

红嘴鸥与凤城的美丽约定

写在高山摄影《红嘴鸥飞抵北塔湖》

2017年3月26日

三月的北塔湖
被打破了初春的清宁
红嘴鸥
一群远道而来的精灵
在这里栖息
孕育着新的生命
带着圣洁的色彩
在湖上热闹的飞腾
流线型的翅尖掠过平静的水面
在银川平原舞动着美的轻盈
时而高昂
时而低沉
箭一般冲向云端
试图划破蔚蓝的天空
来一个水上着陆
宛如漂浮的小艟
一张张红似火的小嘴
私语着乍暖还寒的春风
赞美着似曾相识的山川
践行着与凤城的约定
喜悦在空气中膨胀

热情在人鸟间互动

抛掷或者伸出掌心

奔波或者静等

盘旋或者滑翔

像枸杞娃娃走进了童话旅行

一道道圆弧

搅拌着嗷嗷叫声

一枚枚蓝色的波纹

俯视着黑溜溜的眼睛

一朵朵水花盛开

演示着人和自然的和谐风景

空谷幽兰问青山夕照

你知道南来北往鸟儿的宿命吗

万劫不复,万念俱伤

犹如沧桑的眼泪流淌不停

而鸟儿持久飞翔的意志

历经岁月风雨的洗礼

化作天地骨脉里的精血

世代传承

千百的人

迷恋上这一季节

高山提起相机

留下了画面

漫天飞舞的感动丰富了我的思想

美丽的瞬间让我沉醉其中

烟雨游漓江

2017 年 4 月 6 日

春雨恋上了漓江
漓江缠绕着青山
不疏不密的雨
虚无缥缈的烟
如轻纱笼罩在江面之上
似浮云穿行在青峰之巅
烟波浩渺
若隐若现
翠峦直插云霄
那是云烟飘浮在山尖
一山中分
那是云烟缠绕在山腰边
缥缈的蓬莱仙岛
那是云烟沉落在山脚畔
千条万条的银丝
把漓江历史圈圈点点
九马画山，黄布倒影的故事
在百里画廊绵延
携一缕美丽的心情作诗

持一份驿动的思绪作画
用眼睛捕捉
陶冶性情的山水
用镜头捕捉
仙境的瞬间
用心灵捕捉
诗情画意的源泉
空灵世界
清远无限
百里烟波
诗化了的水墨长卷
如痴，如醉
如梦，如幻
一种激动的惆怅
一种愉悦的期盼

生命之唤

2017年6月21日

距离我的黑色的5月21日已一个月了……

  天花板上
  两只木讷的眼睛
  白色的方块把一个躯壳定格在
  万籁俱寂的原生态里
  撕下无奈的外衣
  丑陋的原真
  可笑的愚昧
  一览无遗
  混沌不开
  没有一点点声息
  鲜红的血花
  跌卧在那片黄土地

  刹那
  一个黑暗里的声音
  仿佛从远古传来
  仿佛从苍穹响起

轻轻的把飘渺的魂灵捕回
慢慢的把噩梦摇碎
一个永远萦绕的呼唤
续接瞬间中断的记忆
努力寻觅
路边湿漉漉的绿枝条上的那些花瓣
努力寻觅
心底热乎乎的红窗棂中的斑斑竹迹

归真（病房）

2017年6月29日

5月21日至6月6日在西京医院住院有感。

三 四 五 六……
分割在面积不等的白色空间
六 八 十 十二……
抗争在同一屋檐
灵魂和躯体在这里对话
挚爱和亲情在这里上演

那是生命的相依
那是至爱的相伴
温柔的眼神依然温柔
只是多了圈圈漪涟
轻轻诉说岁月的消逝
让太阳在自己浓厚的血液里冉冉

你点燃了我的生命之火
你把我高高托在双肩
此时呜咽的寸草

依偎在你的身边
只愿在炽热的心花里
找回你辉煌的鲜艳

我的心憧憬着未来
而今却总是令人悲怜
静静的眼神
那是父母的牵念
奔腾的河
连绵的山

东西南北　城里乡下
因病而结缘
彼此刚刚相识
却像老友一般
火焰在眼中闪耀
希望在梦里盘旋

有朋千里飞长安
有亲八方汇终南
深切地问候
真挚地慰安
柔和的深紫在这里歌唱
鲜艳的黄蓝在这里绵延

一群百灵
愉快的闪现
从日到夜，从夜到日
轻轻的在画那个圆
在一片柔情和泪水中
把生命的希望点燃

三　四　五　六……
微微调整　基本不变
六　八　十　十二……
短暂停留，流水一般
人的初心在这里回归
去追寻梦中的那朵睡莲

过年，知青的故事

2017 年 8 月 20 日

打开尘封的心窗
穿越五十载的沧桑
来到南华山下
一个叫做曹洼的地方
带着梦里真实的记忆
举目眺望
无垠的山田
稀散的村庄
山高石头多，出门就爬坡
写照了穷乡僻壤
留心可见的废墟残垣
记载了海原 1920 年大地震的恐慌
零落的绿树
燃起渴望的火焰
村边的那股清泉
带来青春的畅想

那是一个秋天
一群城里娃的到来

打破了多年的沉寂
给这个偏僻的山村带来了欢畅
城里的汽车
让几辈的山里人开了眼光
老人站在脚踏板上随车转了一圈
激动的眼泪直淌
孩子们远远望着
眼睛里一连串的问号
苹果 石榴 葡萄……
仿佛传来阵阵果香
院里拉，屋里让
家家排队长面尝
贫代表白日嘘寒又问暖
老队长夜晚添粪烧热炕
一面面坡
一道道梁
西海固的"广阔天地"
"青年知识"的新课堂

南华的雪
铺天盖地
山岗沟壑
一片银装
劳作了一年的人们

集市浪浪

屋院扫扫

为传统的年忙

知青小院

灯火通亮

和社员们一起过年

应该是个什么样

激发冬天的灵感

切换季节的想象

涂抹再教育的底色

营造历练的芬芳

十字绣

纪念章

剪窗花贴春联

时代激情一腔

炖带鱼

包饺子

炒雪里蕻就烧酒

来一点城里的时尚

一家请一名代表

时间定在初五晌

等着吃的城里娃

如今要自强

村里人第一次吃鱼

只看着不把嘴张

一桌桌来做示范

一个个满头汗淌

轻轻端起酒杯

祝社员们家家安康

满满盛上水饺

寄托新年的希望

山村的年夜

有点长

军用水壶

白酒两斤装

带队的文老师

自饮又自唱

远飞的大雁请你快快飞……

醉音里透着一种苍凉

合着断续的酒歌

大伙儿垂泪唤爹娘

风呼啸

大雪扬

冬雪病

皆惊慌

求援电话到县城

要求时间两头抢

医院救护车出动

病人送到公路旁

车把式

热心肠

迎风雪

夜茫茫

山路崎岖两车会

相互拥抱泪汪汪

棉帽脱给小曹戴

一人赶车返山乡

在这数九冰冻的季节

同学的友情淹没了寒冷

在这漆黑的夜晚

山里人的朴实送走了惆怅

经急救

无大恙

展笑颜

喜晴朗

踏着白雪

牵着空旷

背着朔风

追赶太阳

五十多里山路

一起哼着小曲攀高落低

望着山边的落日
害怕夜路遇见狼
饥寒几人知
苦累互体谅
时间万般的无奈
把两个耳朵冻伤
想起双耳蜕掉的两个黑壳
多年都把这个故事给人讲

我们已不再年轻
两鬓早已挂满雪霜
我们的心
依然热烈
我们的情感
依然激昂
太多共同的沉淀
在不老的血管里徜徉
珍重眼前的拥有
珍惜未来的时光
将蹉跎岁月的回忆留住
把一个名字永远刻在心上

听 雨

2017年9月3日

（一）

敲打着窗棂
亲吻着浮萍
与绿叶共舞
把小路奏鸣
绵绵细雨
那么温馨
那么怀旧
又那么柔情
满身的酷暑
浮躁的昏沉
无尽的幻觉
悄然离去
伴随淅沥的交响
把秋水长天聆听
一曲《在雨中》
一杯千岛龙井
要是有一个和我说话的人

那该多好
一同欣赏那份静美
一同感悟此时的雨声

（二）

穿过岁月书写雨中的童话
呼啸沧桑讲述洪荒的故事
那相知的流年
不会在梦中迷失
那暮霭下的血红
依旧展现明天的风姿万种
不必再去寻觅当年
遗落的曾经
尽管去拥抱东篱下的南山
吉祥三宝正在编织探戈的新梦
爱你的人，温暖相随
用心雨为你托起季节外的彩虹
你爱的人，一切美好
拿诗歌为你点燃银河的星星
珍惜身边的爱
珍藏洗涤过的心
斜阳外朦胧的眼睛
在沉重里追寻轻盈
超越风尘世俗
只缘心懂

为兰渝铁路的建设者们点赞

2017年9月30日

这里号称世界地质博物馆

那么复杂的施工条件

886公里的线路

用了9年

而一条13公里的胡麻岭隧道

整整干了2920天

其中173米的一段

度过了6个冬寒

这是一道怎样的数学题

这应该怎样演算

平均每天掘进还不到8厘米

这是怎样的答案

隧道建在"豆腐脑"中

难以想象的艰难

德国人在会诊时望而却步

中国人也曾斟酌再三

《建国方略》上的构想

相关部门论证设计和勘探

105名老红军的信

盖有68枚公章的申请单

总理的批示

凝聚了甘、陕、川、渝人民的期盼

明知山有虎

偏向虎山行

明知有艰险

越是艰险越向前

中华民族不屈不挠的精神

又一次升华体现

但这不等于蛮干

科学的态度始终是工程的指南

完成70多项科研项目

申报30多项国家专利

攻克"第三系富水粉细砂岩"的世界性难题

攀登了国际施工技术的峰巅

木寨岭隧道的亲切话语

潮湿了建设者的心田

又一条绿色的欧亚大通道

把吉祥和幸福带给人间

然而

奋斗总是和牺牲相连

付出和奉献相伴

建设者的热血把共和国的旗帜尽染

盛夏的湿热

严冬的干冷

岩层的渗漏

泥浆的漫延

山体的塌方

地质的难关

泰山压顶

动摇不了建设者的理想信念

披荆斩棘

把筑路中华的梦圆

深山丛林中的日日夜夜

把家乡的父母挂牵

施工营地的岁岁月月

把妻子和儿女思念

家中的地种得如何

留守的孩子学习可是一般

老人身体可好

自古以来忠孝不能两全

家里的事儿全凭妻子操持

大伙儿最爱唱的是军功章里有你的一半

我心中的姑娘在做什么

你可是许久没有来电

我该如何向你解释

只能默默的为你祝愿

……

琐碎吗

怎么尽是柴米油盐

平淡吗

平淡的不值一谈

有血有肉的建设者们

有丰富的情感
一声长长的汽笛
建设者们热泪涟涟
平淡里孕育着伟大
琐碎中包含着不凡
这里有多少感人的故事
又有多少可歌可泣的诗篇
惊天地　泣鬼神
一幅幅壮丽的画卷
伟大的建设者们
用生命在神州大地画出了兰渝铁路线
历史
请用浓墨重彩记载他们
人民
请用澎湃的心浪为他们点赞

注：兰渝铁路是一条由兰州至重庆的国铁Ⅰ级客货共线双线电力牵引自动闭塞铁路，总里程886公里，设计旅客列车速度目标值为200～250千米/小时，初期运行时速160~200千米/小时，穿越甘、陕、川、渝三省一市和22个县市区。兰渝铁路是继京广铁路、京沪铁路之后，第三条纵贯中国南北的铁路大动脉，也是"渝新欧"国际铁路的重要组成部分，与渝黔铁路、贵广铁路相连接，构成兰州至广州的南北快速铁路大干线，是西部地区连接珠江三角洲、长江三角洲地区的重要通道。"兰渝铁路由中国铁路总公司、重庆市、甘肃省、四川省合资建设，总投资829.16亿元，于2008年9月开工建设，兰渝铁路计划建设工期6年，后建设总工期延至9年，全线于2017年9月29日开通。

斑马线

2017 年 11 月 15 日

斑马身上的白花纹
画到了道路上
有了一个童话般的名字
斑马线
古老的由来
与罗马有缘
笔直的横在脚下
为了道路的畅通
伟大的赋予
为了生命的安全
饱览人间百态
留下喜怒哀乐的容颜
直视社会万象
发出无声的呐喊

欢乐着,你喜悦的泪水
映影着太阳的灿烂
红灯停,绿灯行
沿着既定的直线向前

走过黑白相间的图画
抵达生活的彼岸
巴士司机摆手示意
的哥的车速减慢
上班族的车辆
依次停在斑马线前
一位老者
向停驶的车辆深深一躬
那感人的一瞬
是多么和谐的一幅画面
只要人人都献出一点爱
那是多么美好的一天

悲哀着，你痛苦的表情
映影着心灵的浮躁和冷淡
潮水，白浪，人海
红灯亮的震颤
宝马和五菱亲吻
兰博基尼把夹克衫拥抱
疯狂的雅马哈
定格的小红伞
柏油路面的深呼吸
撕碎了旁观者的心脏
惊吓了的时光

蒙上了梧桐叶的眼帘
长长的一声叹息
阳光穿上了黑色的长衫

思考着，你尴尬的无奈
映影着天平的价值观念
在往返的人流里
绿灯亮的慌乱
多少卑微的人们
在没有歧视的王国里飞扬跋扈
精神疯子的思维模式
无痕的伤痛划破着文明的源点
红绿轮迴的闪亮
却有着无奈的茫然
目击城市的快节奏
思量着白线条的长宽
只愿风儿轻轻刮过
扫净天空中的尘烟
生命的旋律日夜奏鸣
迎接心与心的红绿和弦

春 望

2018 年 2 月 22 日

年是春的脚步
除夕的钟声刚刚响过
春已经早早把门扣敲

岭南高大的木棉
僵硬的驱干还未伸伸青春的腰
顷刻只见一片火红绽放的枝条

塞北慵懒的纤柳
春姑娘刚把鹅黄淡抹
绿绿的丝绦已被东君轻摇

春色找到了南国的山
寒风还在山顶呼啸
沟壑已披上绵绵的翠袍

春信通知了北疆的河
浮冰还在悄悄流淌
两岸的春花悠然在笑

春光在海面上跳耀
被太阳的火轻轻点着
在报的三春晖的唐诗里缥缈

春风在塞上游弋
被门前的老树抚摸着
那一缕缕炊烟在羽衣霓裳中袅袅

火焰木随想

2018 年 3 月 11 日

火焰树，又名火焰木、苞萼木，木兰纲唇形目紫葳科火焰木属，它原产于非洲，因为树顶有鲜艳夺目、犹如火焰的花朵而得名。火焰木的花语：无忧无愁、用我的热情抚平你受伤的心，又叫情人树。

（一）

你是石的拼搏
你是木的诉说
你是舞的精灵
你是爱的赞歌
你是自强不息的霹雳
你是厚德载物的圣果
你是燧人氏的双手
撕开了远古混沌的面膜
你是普罗米修斯的呐喊
震颤着人类图腾的魂魄

（二）

在绿叶的衬托下
红色的边沿还有淡淡的黄色轮廓
宛若殷红的花冠
跳跃，飘逸，奔放，执着
坐着霓裳的飘光
度量着星空的广阔
层层叠叠，团团娆娆
仿佛把金色的云霞捕捉
牵着风的翅膀
在树的高处摇曳
把鲜红的酒樽举向天际
是那样的洒脱
挽着云的胳膊
在化蝶的乐曲中漫舞
把青青的蒴果高高挺立
像一盘盘锋利的短戈
踏着大海的波涛
俯瞰海鸥欢乐的婆娑
希望的羽毛
在浩瀚的海岸线上抖落
凝视那美丽的色彩
总会有一种朦胧的力量

轻轻地托起疲倦的心
默默地抚平裂开的伤痕
悄悄地唤醒凄凉的泣哀
把煮熟了梦的苦味包裹
编织着梦幻的彩线
让炽热的光为你释惑

（三）

迅雷把心底的缠绵打碎
闪电把天边的苍白划破
凄美的光束
点燃了风姿绰约的花朵
震撼那闷热的世俗
烧红那湿漉漉的情波
忧伤是最美好的记忆
人人都要淌过这条长河
忘却是最美好的方式
是宝贵的另类珍藏的集合
在夜晚的眼球中点亮一个个太阳
直射那禁锢的热血浓浓的心房
走在壮丽的残红中
去歌唱无忧的蹉跎

写给少年浩天

读席慕蓉《少年》诗有感又恰逢浩天同学
发来白鹿原研学活动日记

2018年4月12日

宛若流水
带着美丽的憧憬已经启航
宛若昙花
在分秒的夜晚悄悄绽放
水声潺潺
流动着大自然的诗行
时钟滴答
弥漫着白鹿原青草和泥土的芳香

记住这个开始的春日
珍爱大关中的风光
不要任何的告别
牵住流星的翅膀
微笑的面容如云影掠过
少年的心没有彷徨
拥抱童真
飞向远方

乡间那条小路

2018 年 7 月 1 日

黄色的蜿蜒
弥漫着流年的脚步
光阴的清韵
浅淡的笑靥
携着一幅诗画
回放着黑白的花絮
隐逸的浮现
在夕阳中漂移
渐渐地
传来了虫鸣的协奏
闻到了青草和泥土的香气
涌现了三维的神奇
奔跑的红领巾
羞涩的蝴蝶结
流动的绿树荫
细细的话语感染着微风
清纯在笑声里摇曳
眼眸中的梦想
带着非常悦耳的韵脚

写下了孩提的诗句

卷舒了云

打湿了雨

喧寂中

一道风景从朝霞里走出

宛若雨霁后七色的彩虹

彰显着自然的美丽

宛若天空的一颗流星

想要珍惜却已经离去

纯真的瞬间

嵌镶在飘渺的岁月里

只有乡间那条小路

留下了感动的记忆

我想再一次徒步于它上

请它告诉我

上帝的礼物

该怎样珍惜

绽放和流动的弯弯曲曲

在哪里能找到永恒的红外全息？

无　题

2021年5月7日

那一刻
我紧闭双眼
不愿把那美丽打碎
掩耳盗铃
这样不好吗
但
心在流泪

青铜古峡情

2023年6月3日

塞上的雪，大漠的烟
雪复烟笼牛首山
诗意长，画图美
如诗似画黄河水

地缝深幽峭壁挂
天沟狭窄断崖悬

高原一泻万千里
未减黄涛舞平川
电花闪啊雷声鸣
巨斧一挥天地崩
大禹治水塞上过
九曲黄河古峡生
晚霞河水映峭壁
青铜色靓冠峡名

是秀谷啊是画廊
雄奇险秀谷幽芳
飞流源自三江落
逐浪直追十里长
清音远啊波涛柔
青铜峡扼黄河喉
春雷滚滚响空前
惊天撼地陡峭间
截断横流云路近
揽收湖色碧波涟
是造化啊是巧同
铁桥架起两岸通
是鬼斧啊是神工
拦河大坝起长虹
一条条干渠秀妖娆
一座座电站送光明

水连网啊渠纵横
古老灌区圆梦成
千载长河仍浩荡
万家灯火更辉宏
吹上个口弦漫起个花儿
天下黄河富宁夏

长河的落日牛首的风
水接山迎入画屏
画中画
十里长峡燃雅韵
歌中歌
百零八塔引高声
一百零八个烦恼东流去
一百零八个梦想塞上行

望云陡觉心情爽
踏浪顿教意念悠
驶出峡谷眼界宽
两岸景色不一般
漫天的鸟儿叫喳喳
河心沙岛是候鸟家
是滩渚啊是田园
如痴如醉金沙滩
招手相问黄河坛

黄河文化五千年

北岔口烽燧常演兵

风机相伴明长城

官宅民居特色古

峡口镇上看董府

总教诗怀逸兴稠

清音玉带黄河楼

山水沙树织锦秀

黄河风情一望收

虎啸沧瀛苍烟事

龙吟紫气青云留

最难忘

山青水秀江南景

最难忘

塞上明珠机声隆

最难忘

亲人朋友的笑容

意满怀啊情满胸

恰似塞上春水浓

是诗情啊　是爱情

都在长河古峡中

第二故乡在心里

天南地北想着你

后　记

黄河诗阵丛书之一《南山吟草》经过多方努力，终于出版了。集腋成裘，聚沙成塔。数年下来，积感事抒物，大地漫步。咏史怀人，时令节序等，终成一册。锲而不舍，天道酬勤。苔花如米小，也学牡丹开。在这可喜可贺之际，感激之情，感谢之意油然而生。

首先感谢《黄河诗阵》和张平生会长。正是有了这个平台，才为这套丛书的诞生奠定了基础。平生会长亲自为丛书书写总序，张会长的总序徜徉恣肆，浑然一体。拉开了编辑出版的序幕。

感谢陈瑞霞老师和各位编辑老师。正是你们的不懈努力，才使一个美好的设想，变成了现实。

感谢中华诗词创作委员会副主任，宁夏诗词学会常务副会长兼秘书长张嵩会长为《南山吟草》作序。张会长的序文笔优美，独具匠心。张会长长期以来给予了我极大的鼓励和支持，使我受益非浅。

感谢电力书法家蔡永峨老师为《南山吟草》题

写书名，永峨老师的题名形神兼备，妙在心手。为此书增彩不少。

感谢诸多老师和诗友们对我一路走来的教诲和帮助，使我增益良多。这里特别要提及的是老领导邵世伟，电力作协副主席潘飞，河北大学张安生老师和老朋友欧阳廷亮、司国仓、马放瑞、段捷智、李顺午、张志吉、姚中泽、魏永强、李娟等。

感谢我的爱人祝华女士，军功章里有她的一半。

我深知中华诗词博大精深。我不过只是一个爱好者。限于水平，此书中谬误定是不少，还望老师和诗友们谅解和指正了。

高凤林

2023 年 11 月 21 日